Julian van den Berg
Anna & Marcel & Nina & Paul

AF284533

Julian van den Berg

Anna & Marcel & Nina & Paul

Liebe zu viert

Kurzgeschichten

Bibliografische Information der Deutschen
Nationalbibliothek:
Die Deutsche Nationalbibliothek verzeichnet diese
Publikation in der Deutschen Nationalbibliografie;
detaillierte bibliografische Daten sind im Internet über
http://dnb.dnb.de abrufbar.

Umschlaggestaltung / Umschlagmotiv: Julian van den
Berg

Herstellung und Verlag: BoD – Books on Demand,
Norderstedt

ISBN: 9783755770558

Inhaltsverzeichnis

Vorwort

Anna und Marcel, Nina und Paul, das sind zwei Pärchen, die sich schon seit langem kennen, die seit langem befreundet sind, und die durch eine aufregende Nacht hineingezogen werden in einen Strudel aus gegenseitigem Begehren. Sie entdecken die Lust an- und miteinander, in unterschiedlichen Konstellationen, und können nicht voneinander lassen. Kann das gutgehen?

Der Nachtisch

Anna öffnete den Mund und schob ihre Zunge leicht hervor. Sie saß am Esstisch, die Hände im Schoß, ihre Augen verbunden mit einem Seidenschal. Neben ihr giggelte Nina, deren Augen vermutlich ebenfalls verbunden waren.

Sie hörte Klirren von Glas und Besteck, und dann spürte sie Metall an ihrer Zungenspitze. Ein Löffel, der in ihren Mundraum eindrang. Anna schloss die Lippen, der Löffel zog sich zurück und ließ drei kleine Würfel da. Sie schob sie hin und her, zerbiss sie - ja, es war...

„Karotte!", schrie Nina neben ihr.

Mist, so knapp!

„Und der erste Punkt geht an Nina!", rief Paul, Ninas Mann.

„Leider, leider!", bestätigte Marcel ihn.

Sie hatten einen schönen Pärchenabend gehabt bisher, endlich mal ohne Kinder zusammen gekocht, gelacht und getrunken, und Anna fühlte den Wein. Jetzt war der Nachtisch dran. Konzentration, da kam der nächste Löffel.

Dieses Mal wartete sie nicht, bis er ganz in ihrem Mund war, sondern stieß nach vorne und schnappte ihn. Die Süße explodierte an ihrer Zungenspitze, cremig...

„Schokolade!", rief sie.

Wie zwei Vögelchen, dachte er, blind gierend nach dem nächsten Futter. Inzwischen hatten Paul und er alle vorbereiteten Nachtische verfüttert. Anna und Nina hatten jeweils gleich viele Speisen richtig erkannt. Der Ehrgeiz hatte die beiden gepackt, es war zum Schluss immer hektischer geworden. Beim letzten Löffel war Anna beim Versuch, ihn möglichst schnell zu schnappen, halb vom Stuhl gefallen, hatte sich an Nina festgehalten, die dann ebenfalls ins Straucheln kam. Alle hatten herzlich gelacht, aber der Seidenschal hielt, und jetzt saßen die beiden wieder. Er konnte sich nicht helfen, aber der Anblick der Frauen machte ihn an. Die geöffneten Lippen, die leicht hervorgeschobenen Zungen, die roten Wangen, die angespannte, volle Konzentration. Er sah zu Paul, deutete auf den leeren Tisch und zuckte mit den Achseln.

Paul zuckte ebenfalls mit den Achseln und ging dann zum Kühlschrank. Mit einem Leuchten im Gesicht holte er eine kleine Flasche Killepitsch, eine Flasche Tequila und eine Flasche spanischen Kräuterschnaps hervor. Marcel lächelte.

Der drängende Beat von ‚Adios le pido' pulsierte durch ihren Körper. Anna hatte den Contest gewonnen und dann direkt die Tanzfläche eröffnet, nachdem sie die Anlage weit aufgedreht hatte. Sie fühlte sich gut, sexy.

Marcel tanzte mit ihr. Er tanzte gut, führte sie, wirbelte sie herum, hielt sie fest. Anna ging im Moment auf, da war nur nur er und die Musik. Und sie gab ihm die Verantwortung, aber auch die Macht, ließ sich fallen, damit er sie auffing, und er tat es. Souverän. Seine Hand rutschte auf ihren Po, und er zog sie heran, schob ihre kreisende Hüfte auf sein Knie, seinen Oberschenkel. Ihre Feuchtigkeit explodierte, sie keuchte ihm ins Ohr. Er wirbelte sie herum, war jetzt hinter ihr, ein Arm vor dem Bauch, ihre Hände verschränkt. Ihre Hüften kreisten nun vereint, und sie spürte seine Erektion an ihrem Po, während er ihren Nacken küsste.

Als das Lied vorbei war, küssten sie sich. Sie wollte Sex, am liebsten sofort, aber sie hatten Gäste, und sie wollte auch nicht, dass sie gingen. Später.

„Niemals!", rief Paul und hatte damit ihre Aufmerksamkeit. Arm in Arm gingen sie zum Sofa, auf dem Nina und Paul sich gerade spielerisch stritten.

„Natürlich schaffe ich das!", rief Nina, und Paul wandte sich an Marcel und Anna.

„Sie behauptet, sie kann mit verbundenen Augen unsere Hände auseinanderhalten, Marcel." Er sprang auf und holte einen der Seidenschals, die noch auf dem Esstisch lagen.

„Das werden wir jetzt herausfinden!"

Anna setzte sich neben Nina auf das Sofa und beobachtete, wie die Männer Nina die Augen verbanden und dann den breiten Hocker holten, um ihn dort vor dem Sofa zu platzieren, wo Nina saß.

Zuerst war Pauls Hand an der Reihe.

„Okay, nächster bitte", sagte Nina, und Marcel streckte seine rechte Hand vor. Nina nahm sie mit beiden Händen in Empfang. Ihre Fingerkuppen strichen über seinen Handrücken, über seine Finger, erfühlten die Haare auf den Fingergliedern. Die Berührungen fühlten sich intim an, er hatte noch nie Ninas Hände so gespürt. Dann drehte sie seine Hand, und ihre Fingerkuppen streichelten seinen Ballen, dann die Handfläche. Das fühlte sich noch intimer, intensiver an, und Marcel spürte, wie es ihn anmachte.

Ninas verbundene Augen, das breite Lächeln ihrer dezent geschminkten Lippen, ihre Fingerkuppen an den Innenseiten seiner Fingerglieder, all das führte dazu, dass er wieder eine Erektion bekam. Etwas unsicher sah er zu Anna, aber die ließ sich nichts anmerken.

Zum Schluss verschränkte sie ihre Finger mit seinen, ließ schließlich los und verkündete, dass sie wissen würde, wer Paul gewesen war, nämlich der Besitzer der ersten Hand.

„Nicht schlecht!", gab dieser zu und löste den Seidenschal.

„Ich frage mich", sagte Nina, „ob man einen Kuss auch so gut erkennen könnte."

Anna beugte sich vor. „Ich denke, ich könnte das", sagte sie.

Da waren die Lippen, aber nicht wie erwartet auf ihrer Wange, sondern auf ihrem Mund. Die unerwartete Berührung ließ sie wohlig erschaudern. Es war nur ein zaghafter Kuss.

„Ich dachte", begann Anna und wollte sich darüber beschweren, dass sie auf den Mund geküsst worden war, aber Nina schnitt ihr das Wort ab.

„Wer war es?", fragte sie. Anna konnte es wirklich nicht sagen.

„Naja, das war ja auch wirklich ein sehr kurzer Kuss!", antwortete sie mit einem gedehnten ‚sehr'. Bevor sie einen weiteren Gedanken fassen konnte, waren die Lippen wieder da, leicht geöffnet, und gaben ihr einen sinnlichen Schmatzer, den sie erwiderte. Anna konnte wieder nicht sagen, wer es war. Aber es musste Marcel sein, oder? Nina würde doch nicht seelenruhig zusehen, wie Paul ihr solche Küsse gab, oder?

„Leute, gebt mir noch eine Chance!", bat sie, und nach kurzem Gemurmel waren da wieder die fremden Lippen. Anna öffnete ihren Mund und schob die Zunge leicht hervor, bot sich für einen Zungenkuss an, und die fremde Person ging darauf ein, öffnete ebenfalls die Lippen. Ihre Zungen trafen sich, spielten miteinander.

Ja, das musste Marcel sein. Nina würde doch nicht zusehen, wie ihr Mann intensiv mit ihrer besten Freundin knutschte. Der Kuss war intensiv, feucht, erotisch, und ihr Schoß meldete sich wieder stärker. Und dann - dann begann sie, die kleinen Unterschiede zu bemerken. Je länger der Kuss andauerte - und es schien, als wollte keiner der Kusspartner ihn beenden - desto sicherer wurde sie, dass es doch nicht Marcel war. Diese Erkenntnis ließ ihr Herz stärker schlagen, und das Kribbeln verstärkte sich. Was passierte hier? Sie tauschte die wildesten Zungenküsse mit dem Mann ihrer besten Freundin aus, und ihr eigener Mann und die Freundin sahen dabei zu. Gott, wie feucht sie war!

Dann beendete ihr Gegenpart den Kuss, und wenig später spürte sie, wie jemand den Seidenschal löste. Es war Nina, die nun neben ihr saß.

„Und?", fragte sie, offensichtlich irgendwie erregt.

Anna versuchte, in den Gesichtern irgendetwas zu lesen. War das Eifersucht in Marcels Augen? Oder Erregung? Ihre Gedanken rasten. War es schlimmer, die falsche Person zu erraten, oder zuzugeben, dass sie einen langen Kuss mit Paul bewusst genossen hatte? Und konnte sie wirklich 100%ig sicher sein? Vielleicht war es ja doch Marcel gewesen.

„Marcel", sagte sie.

„Falsch!", schrie Nina triumphierend. Anna versuchte, überrascht zu tun, aber als sie Marcel ansah, wusste sie, dass er sie durchschaut hatte. Er grinste breit.

„Jetzt bin aber ich dran!", rief Marcel.

Marcel spürte einen Windstoß an seinem Gesicht. Scheinbar prüfte jemand, ob er etwas sah.

„Ich sehe nichts!", sagte er in gespielt genervtem Tonfall.

„Dann wollen wir mal sehen, ob du besser bist in diesem Spiel als Anna", sagte Paul, „bitte absolute Ruhe jetzt!"

Für eine Minute geschah nichts außer unterdrücktem Kichern, dann spürte er die Berührung an seinen Lippen. Ganz sanft, elektrisierend. Er hörte ein Giggeln, konnte es aber nicht zuordnen. Noch konnte er nicht sagen, wessen Lippen es waren. Er öffnete den Mund leicht, auch die fremden Lippen öffneten sich, und der Kuss wurde etwas fester. Anna? Nina? Keine Chance bisher. Er schob seine Zunge hervor, ihr Gegenpart war etwas vorsichtiger.

Dann spürte er die Bartstoppel. Es war nicht Nina, es war nicht Anna, es war Paul. Er sah Nina und Anna vor seinem geistigen Auge, gespannt wie Flitzebogen, bereit loszuprusten, wenn er angewidert zurückwich. Den Gefallen würde er ihnen nicht tun. Er öffnete seinen Mund etwas weiter, erhöhte den Druck auf Pauls Lippen, während seine Zunge in seinen Mund vordrang. Einen kurzen Moment zögerte Paul offensichtlich, dann erhöhte auch er den Druck, und seine Zunge begrüßte Marcel.

Die Situation machte ihn unheimlich an, Marcel spürte, wie seine Erektion an die Grenzen seiner Jeans stieß.

Es wurde ein intensiver, feuchter Zungenkuss, hemmungslos, und auch den Frauen musste nun klar sein, dass er genau wusste, wen er da küsste.

Er hörte ein Seufzen von links, dann ein Rücken und Rutschen auf dem Sofa. Eine Hand erfühlte die Beule in seiner Jeans, zwei andere fuhren unter sein T-Shirt. Ein Paar Lippen auf seiner rechten Wange, ein Paar Lippen an seiner linken Halsseite. Das würde eine unvergessliche Nacht werden.

Anna war nackt, das einzige, das sie trug, war der Seidenschal, der ihr die Sicht nahm. Sie kniete auf dem Sofa, mit dem Gesicht zur Wand, nach vorne gebeugt. Da war eine Hand an ihrer Muschi, prüfte ihre Feuchtigkeit. Zwei Finger drangen in sie ein, problemlos, sie keuchte leicht auf. Ja, Feuchtigkeit war heute genug da. Sie stellte ihre Schenkel etwas weiter auseinander, um es ihm leichter zu machen. Die Finger zogen sich zurück, und sie spürte, wie ein Schwanz zwischen ihren Schenkeln pendelte. Anna konnte wieder nicht sagen, wer es war. Die Unwissenheit machte sie an, und gleichzeitig wollte sie nichts sehnlicher, als den Schwanz jetzt zu spüren, egal zu wem er gehörte.

Neben ihr auf dem Sofa stöhnte Nina laut auf, anscheinend war schon jemand in ihr. Anna streckte ihren Po ein wenig nach hinten, stieß gegen ihn. Dann spürte sie, wie seine Eichel ihre

Schamlippen teilte und sanft, aber bestimmt eindrang. Er stand hinter ihr, seine Hände fuhren über ihren Rücken und verweilten auf ihrem Po, während er seinen Schwanz langsam einführte und wieder zurückzog. So weit, dass seine Eichel ihre Schamlippen erneut teilen mussten, um danach tief einzudringen und sich wieder komplett zurückzuziehen. Es machte sie verrückt, sie wollte gefickt werden, schneller, heftiger. Neben ihr stöhnte Nina aus Leibeskräften. Anna wusste fast alles von Nina, aber dass sie beim Sex so laut war, das war neu.

Jetzt griffen seine Hände ihre Hüfte, und er begann, sie stärker zu stoßen. Auch Anna stöhnte jetzt lauter, ja, das war es, was sie wollte.

Was für eine verrückte Situation! Er beugte sich ebenfalls etwas vor, und seine Hände griffen nach ihren Brüsten, während er seinen Schwanz in sie stieß. Das waren Marcel Hände, oder?

Er zog ihren Oberkörper hoch, seine Lippen waren nun an ihrem Nacken. Anna drehte ihren Kopf und sie küssten sich. Sie vergrub eine Hand in seinen Haaren. Marcel, definitiv.

Paul stieß ihn an und machte ein Wechselzeichen mit der Hand. Marcel musste schmunzeln. Als wenn sie hier beim Handball wären.

Paul hatte sich aus Nina zurückgezogen, sein harter Schwanz stand aufrecht, glänzend von Ninas Feuchtigkeit. Wer hätte gedacht, dass er ihn einmal so sehen würde! In seinen Augen raste die

Erregung, und Marcel wurde klar, wie sehr er in diesem Moment darauf aus war, Anna zu vögeln. So viele Gefühle fluteten ihn zugleich, vom Stolz, eine so attraktive Frau zu haben, über große, situative Erregung bis hin zu leichter Eifersucht.

Er zog sich aus Anna zurück, auch sein Schwanz stand hart und glänzend, und trat einen Schritt zurück. Paul ließ keine Zeit verstreichen, war schnell hinter Anna, zog ein Kondom über, setzte seinen Schwanz an und drang ein. Marcel beobachtete ihr Gesicht. Sie musste merken, dass es Paul war, sein Schwanz war dicker, kürzer und anders gebogen. Anna fing an zu lächeln, als sie ihn spürte, und biss sich auf die Unterlippe. Sie musste es genießen, wie eben den Kuss. Ein leichter Stich von Eifersucht, eine große Portion Erregung.

Er wandte sich Nina zu, die sich schon ungeduldig umsah, freilich, ohne etwas sehen zu können. Er strich über ihren Rücken, zwei Grübchen über ihrem runden Po, kräftige, feste Pobacken. Sie hatte ihren Rücken durchgedrückt, ihre Beine gespreizt, so dass sich ihm ihre Muschi offensiv präsentierte. Rot, feucht glänzend, sie sah so anders aus als Annas. Er nahm seinen rechten Daumen und zog ihn durch ihre Spalte. Nina keuchte auf. Marcel zog den Daumen bis zu ihrer Rosette, verteilte die Feuchtigkeit dort, und ließ seinen Daumen sanft eindringen. „Mmmmh", machte Nina.

„Ja, ja!", stöhnte Anna neben ihnen, während Paul sie nun hart klatschend vögelte. Mit einer Hand stützte sie sich ab, die andere war an ihrer Klitoris. Ja, sie genoss es. Marcel nahm seinen Schwanz, zog ein Kondom über und drang leise schmatzend in Ninas Feuchtigkeit ein.

Anna wachte auf und sah in Ninas schlafendes Gesicht. Es brauchte ein paar Sekunden, bis sie realisierte, wo sie war. Und was passiert war. Sie war nackt, und in Löffelchenstellung an sie gekuschelt lag Marcel hinter ihr. Hinter Nina lag Paul, der wohl irgendwann die Decke leicht zu sich herübergezogen hatte, denn Ninas linke Brust war nicht mehr bedeckt. Anna zog die Decke zurück und gab Nina einen Kuss auf die Stirn. Dann kuschelte sie sich zurück an Marcel und schloss wieder die Augen.

Unvernunft

Sie redeten nicht darüber. Marcel konnte nicht sagen, warum, aber es passierte nicht. Weder sprach er mit Anna, noch mit Paul und Nina. Am Morgen nach dem Nachtisch-Abend hatten sie zu viert am Frühstückstisch gesessen, und alle vier hatten so getan, als wäre es das normalste Frühstück der Welt. Sie hatten über die Kinder geplaudert, die jeweils bei den Großeltern waren, über das Wetter und Pläne der nächsten Tage. Und dann waren Nina und Paul gefahren.

Drei Wochen später war das nächste Treffen geplant, dieses Mal mit Übernachtung bei Nina und Paul, zusammen mit allen Kindern. Wie selbstverständlich blieb es bei dem Termin, das passte zum Narrativ so zu tun, als wäre nichts passiert. Marcel hatte mehrfach den Drang, das Thema bei Anna zur Sprache zu bringen, aber er wusste nicht, wie er anfangen sollte. Also ließ er es.

Nina öffnete die Tür, und schlagartig waren die Bilder wieder in seinem Kopf, zwei Grübchen über dem Po, sein Schwanz in ihrer Muschi.

„Hi, kommt rein!", rief sie fröhlich, und die Kinder stürzten in die Wohnung. Nina umarmte Anna, dann Marcel. Mmmh, sie duftete genauso wie an dem Abend vor drei Wochen. Sie gingen ins

Wohnzimmer, wo Paul gerade Kuchen und Kaffee auftischte. Marcel bemerkte, dass Pauls Hand etwas tief rutschte, als er Anna umarmte. Hatte er das immer schon so gemacht? Es entspann sich ein lockeres Gespräch über die Neuigkeiten in ihrer aller Leben, über Neuigkeiten bei den Kindern. Nach einer halben Stunde dachte Marcel schon fast gar nicht mehr an den Abend vor drei Wochen, als Nina plötzlich leiser sprach.

„Jetzt, wo die Kinder gerade mal auf den Kinderzimmern sind", begann sie, „wollten wir mal kurz mit euch über den letzten Abend sprechen." Marcel bekam einen Kloß im Hals. Anna nickte.

„Wir haben so eine wunderbare Freundschaft mit euch, wir wollen die nicht gefährden. Deswegen", sagte sie und sah kurz zu Paul, „fänden wir es gut, wenn das eine einmalige Sache war."

Anna nickte. „Ja, so haben wir uns das auch gedacht", sagte sie schnell. Sie hatten gar nicht darüber geredet.

„Ich meine, es war schön und so, aber es steht zu viel auf dem Spiel, oder?", fügte Nina hinzu.

„Ja, ihr habt Recht", sagte Marcel.

Und damit war das Thema erledigt.

Auf dem obligatorischen Spaziergang nach Kaffee und Kuchen gingen Marcel und Anna hinter Paul und Nina. Beide Paare hielten Händchen. Der Wald duftete herbstlich, die Luft war frisch und klar. Und Ninas feste Pobacken bewegten sich hin und her. Da waren die Grübchen, da die schlanken Beine, und zwischen den Schenkeln ihre Feuchtigkeit. Marcel konnte das nicht einfach so beiseite schieben. Er begehrte Nina. Konnten die anderen das?

Anna fühlte Marcels Hand in ihrer, sie hörte das Laub knistern unter ihren Schuhen. Ja, es war vernünftig, es sein zu lassen. Aber warum hatte Paul seine Hand dann bei der Begrüßung fast auf ihren Po geschoben? Sie hatte bisher mit niemandem über das Gewesene gesprochen, weder mit Nina, noch mit Paul, noch mit Marcel, weil sie nicht wusste, was sie wollte. Nicht wusste, was sie brauchte. Wie soll man über etwas sprechen, wenn man selbst kein klares Bild hat? Oh, sie hatte es genossen, wie sehr hatte sie es genossen! Ihr Blick blieb an Pauls knackigem Po hängen. Schade. Und wahrscheinlich besser so. Und schade.

Nina kam ins Wohnzimmer und schloss leise die Tür.

„Yeah, sie schlafen!", sagte sie. Anna war noch bei den Kindern. Paul und Marcel saßen auf dem Dreier-Sofa und unterhielten sich über die Arbeit.

„Ist da noch Platz zwischen euch?", fragte Nina, und die beiden Männer nickten und rutschten etwas auseinander. Nina setzte sich und kuschelte sich an Paul, und dann zog sie die Beine an, hoch aufs Sofa. Sie trug Leggins und war barfuß. Marcel fand, dass sie schöne Füße hatte, nicht zu groß, nicht zu klein, sehr ebenmäßig. Und jetzt berührten sie ihn fast. Nina redete wie ein Wasserfall, darüber, wie lange es gedauert hatte, die Kinder zum Schlafen zu bringen, dass es immer schwieriger wurde in letzter Zeit, und sie gestikulierte dabei. Bei einer Geste rutschten ihre Füße vor, so dass ihre Zehen Marcel berührten. Sie ließ sich nichts anmerken, redete einfach weiter, zog die Füße auch nicht wieder zurück. Marcel hätte sie am liebsten angefasst, gestreichelt, sich dann ihre Beine hochgearbeitet und schließlich ihren Redeschwall mit einem Zungenkuss erstickt. Aber er tat nichts von alledem.

Anna sah Marcel an, dass er erregt war. Und sie sah, wo Ninas Füße steckten, und erahnte den Grund. Ihre Kinder schliefen jetzt auch, endlich. Auf dem Sofa war kein Platz mehr, aber sie wollte sich auch nicht als Einzige auf einen Sessel setzen. Also setzte sie sich auf die Sofalehne neben Paul. Schon beim Setzen merkte sie, dass es unangebracht war, denn Paul saß nah an der Lehne, und ihre Brüste waren nun genau auf der Höhe seines Gesichts. Anna trug keinen BH mehr, weil sie es gerne bequem hatte, wenn sie die Kinder ins Bett brachte. Seine Nähe, sein Geruch, die Erinnerung an den einen Abend, all das sorgte dafür, dass ihre Brustwarzen erigierten.

Nein, nein, Scheiße! dachte sie, sie wollte nicht, dass es so offensichtlich war, aber wenn sie jetzt wieder aufstände, wäre noch offensichtlicher, warum. Also blieb sie sitzen, und sie spürte, wie ihre harten Brustwarzen durch den Stoff ihres Tops stachen. Er hatte es bemerkt, oder? Anna stellte sich vor, wie Pauls Hände von unten unter ihr Top fuhren, es hochschoben, und wie Pauls Gesicht zwischen ihren Brüsten verschwand.

„Wollen wir ein Spiel spielen?", fragte Nina, und alle nickten und murmelten zustimmend. Sie standen auf und gingen zum Esstisch.

„Hach ja, die Uni-Zeit!", seufzte Nina mit Glanz in den Augen. Sie hatten die dritte Flasche Wein angebrochen, und Marcel fühlte sich angenehm angetrunken.

„Nina und Anna, die Party-Queens des Wohnheims!", sagte Paul lachend, „damit kam ich ja erst gar nicht klar." Nina sah ihn von der Seite an. Sie saß gegenüber von Marcel, und schon ein paar Mal hatten ihre nackten Füße Marcels Beine gestreift.

„Wieso denn das?", fragte Nina neugierig.

„Naja - ich hatte das Gefühl, dass fast jeder Kerl schon mit dir geschlafen hatte", sagte er.

„Natürlich nicht jeder, aber du weißt schon, jeder da hätte es gewesen sein können - wie auch immer", fügte er stotternd hinzu.

„Hast du etwa damals mit mir Schluss gemacht, weil du ein Feigling warst?", fragte Nina und boxte ihn in die Seite. Er dachte kurz nach.

„Ja, das war es wohl. Ich bin einfach nicht damit klargekommen, dass du schon mit so vielen

Sex gehabt hattest, und ich so wenig Erfahrung hatte." Er machte eine kleine Pause.

„Aber das war mir damals selbst nicht klar." Für eine Weile sagte niemand etwas. Marcel spürte, wie Ninas Füße wieder sein Bein berührten, aber dieses Mal zogen sie sich nicht zurück. Sie hielten die Berührung.

„Und wie ist es jetzt, stört es dich jetzt auch noch?", fragte Nina. Ihre Zehen strichen nun sanft an Marcels Wade auf und ab.

„Wie meinst du das?", fragte Paul zurück. Marcel bekam eine Erektion.

„Hat es dich gestört, mich mit Marcel zu sehen?" Schlagartig hatte Marcel wieder die Bilder vom letzten Treffen im Kopf, ihr fester Po, die Grübchen, ihre Muschi. Sein Schwanz, der in sie eintauchte.

„Nein. Ich war ja auch gut beschäftigt", sagte Paul und lächelte Anna an.

Anna und Paul machten die Betten fertig, während Marcel und Nina die Küche aufräumten. Es war spät geworden. Gemeinsam verwandelten sie die große Wohnzimmercouch in ein übergroßes Bett, bezogen es mit einem frischen Laken und legten die Bettdecken darauf. Immer wieder berührten sie sich. Wenn Paul an ihr vorbeigehen musste, legte er seine Hand auf ihren Rücken. Wenn Anna das Laken gerade ziehen wollte und er im Weg stand, schob sie ihn ein wenig zur Seite. Anna konnte sich nicht daran erinnern, dass sie sich jemals zuvor so viel berührt hatten. Ja, da gab es die obligatorischen Umarmungen zur Begrüßung und zur Verabschiedung, aber sonst?

Schließlich waren sie fertig.

„Okay, ich gehe dann mal ins Bett", sagte Paul und stand unschlüssig vor ihr.

„Ja, okay, gute Nacht dann", antwortete Anna, und einen Moment lang blieben sie voreinander stehen. Einen Moment zu lang. Anna wollte nicht, dass er geht. Sie wollte, dass er endlich ihr Top hochschiebt, dass er ihre Brüste liebkost, dass er sie auf das frisch bezogene Bett wirft und nimmt. Dann drehte sich Paul weg und ging.

Marcel kam aus der Küche, und sie machten es sich im Bett bequem.

Auf einmal stand Nina in der Tür. Sie trug ein kurzes Satinnachthemd mit Spaghettiträgern, ihr linker Fuß rieb verlegen die Wade ihres rechten Beines.

„Kennt ihr das Gefühl, wenn ihr genau wisst, dass etwas unvernünftig ist, es dann aber doch machen wollt?"

Anna und Marcel sagten nichts, und Nina sah verlegen zu Boden.

„Paul und ich haben uns gefragt, ob ihr nicht zu uns ins Bett kommen wollt", sagte sie zum Wohnzimmerteppich.

Einen Moment lang waren Anna und Marcel perplex.

„Ja, ihr habt Recht", sagte Nina und drehte sich um, um zu gehen.

„Warte!", rief Marcel, stand auf und ging zu ihr. Nina zögerte.

„Ich wollte schon immer mal wissen, wie sich dein Körper unter Satin anfühlt", sagte er lächelnd, ergriff sie an der Hüfte und zog sie zu sich heran. Sie küssten sich, und Marcels Hände schoben sich auf ihren Po.

„Fühlt sich gut an", sagte er, und in dem Moment war Anna hinter ihm. Marcel drehte den Kopf und küsste sie zärtlich.

„Kommt, Paul wartet", sagte Nina, nahm sie beide an der Hand und zog sie fort.

Nina übergab sie an Paul, und Anna musste schmunzeln. Die Ehefrau übergibt die Geliebte an ihren Mann. Paul trug nur noch eine Boxershorts, und die Konturen seines Schwanzes waren deutlich zu erkennen. Sie küssten sich, intensiv mit Zunge, und Pauls Hände fuhren sofort unter ihr Top, ergriffen ihre Brüste.

„Du hast mich den ganzen Abend verrückt gemacht, so ohne BH, mit harten Brustwarzen", sagte er und zog ihr das Top über den Kopf.

„Sie waren wegen dir hart", keuchte Anna, und sie küssten sich wieder.

Marcel lag auf dem Rücken und sah nach oben. Da kam Ninas Hüfte, ihre glänzende, gerötete Muschi, weiter oben standen ihre Brüste hervor, darüber ihr Gesicht, das auf ihn herabschaute, mit leicht geöffneten Lippen und Schlafzimmerblick.

Sie senkte ihr Becken, ihre Schamlippen auf seine Lippen, er öffnete den Mund und stieß seine Zunge hervor. Sie war feucht, sehr feucht, und er schleckte sie, teilte ihre Lippen, zog sich wieder zurück. Nina fuhr sich durch die Haare, warf den Kopf zurück. Marcel fand ihre Klitoris, und sie erschauerte wohlig. Bald war seine Mundpartie über und über von ihrer Nässe bedeckt.

Anna tauchte in seinem Blickfeld auf, die beiden Frauen wandten einander zu und küssten sich. Er sah von unten, wie sich ihre Brüste berührten, ihre langen, wallenden Haare, ihre Kinnpartien, ab und zu eine Zunge.

Jemand nahm seinen Schwanz in die Hand, und wenig später spürte er Lippen an seiner Eichel. Das konnte nur Paul sein. Nina und Anna beendeten den Kuss, und Anna sah da hin, wo sich Paul befinden musste. Dann verschwand sie aus seinem Blickfeld, und wenig später spürte er ein weiteres Paar Lippen an seinen Hoden.

Nina begann jetzt, ihre Hüfte rhythmisch zu bewegen, sie rieb sich an ihm, an seinem Gesicht. Er stieß die Zunge noch hervor, um ihr Widerstand zu bieten, aber sie war nicht mehr so wichtig, sein ganzes Gesicht war nun ihr Widerstand, und sein ganzes Gesicht war über und über von ihrer Feuchtigkeit bedeckt. Nina begann, stärker zu keuchen, Marcel sah ihre durch den Rhythmus baumelnden Brüste, ihr angestrengtes Gesicht von unten.

Paul und Anna, Marcel konnte ihre Lippen nicht auseinanderhalten, erhöhten auch den Reiz, einer von beiden nahm seinen Schwanz saugend in den Mund, ein paar reibende Stöße, dann der nächste. Er spürte, dass er bald kommen würde.

Nina erhöhte die Frequenz, sie stöhnte jetzt hemmungslos. Marcel fühlte sich benutzt, benutzt für ihren Orgasmus, und das machte ihn an, sehr an.

Nina kam mit einem unterdrückten Schrei, und das schob auch Marcel über den Punkt. Pulsierend ergoss er sich in einen Mund, während Nina, mit der Hüfte immer noch auf seinem Gesicht, zur Ruhe kam.

„Und nun?", fragte Anna. Sie saßen zu viert am Frühstückstisch, die Kinder waren wieder in die Kinderzimmer verschwunden.

Nina zuckte mit den Achseln.

„Mal sehen, ob wir es lassen können!", sagte sie und lachte.

Kino

Wieso war Marcel bloß so aufgeregt? Das monatliche Kinodate mit Nina stand an, naja, monatlich war relativ, das letzte Mal waren sie vor drei Monaten im Kino gewesen. Seitdem war so viel passiert, der Abend mit dem Nachtisch, und das Wochenende bei Nina und Paul. Die Kinotradition bestand jetzt schon seit einigen Jahren. Bevor die Kinder kamen, waren sie häufig zu viert im Kino gewesen, aber das ging dann nicht mehr - irgendjemand musste ja immer auf die Kleinen aufpassen. Und Nina und Marcel waren schon immer die größeren Kinoenthusiasten gewesen. Also gingen sie seitdem zu zweit. Es gab zwar das eine oder andere privatere Gespräch, aber geflirtet hatten sie nie. Auch wenn Marcel sie schon immer attraktiv gefunden hatte, ein Flirt kam nicht in Frage - sie war schließlich die beste Freundin seiner Frau.

Nina wartete schon vor dem Kino, als er ankam. Sie trug einen roten Mantel, unter dem schwarz bestrumpfte Beine hervorschauten, die Füße in Chucks. Ihre Lippen hatte sie rot geschminkt, passend zum Mantel, ihre dunklen, langen Haare hochgesteckt. Sie umarmten sich, und einen Moment lang berührten sich ihre Wangen, dann war der Moment vorüber, und sie begannen, unverfänglich über den Film zu reden. Langsam schlenderten sie zum Eingang, und Marcel vermied es, die Geschehnisse der letzten Wochen zu thematisieren. Auch für Nina schien das kein Thema zu sein. Sie hatte die Karten gekauft, also zeigte sie am Eingang ihr Handy.

„Popcorn?", fragte Marcel, und Nina nickte.

„Welche Plätze waren es noch mal?", fragte Marcel. Er stand in der Sitzreihe und schaute auf die Nummern.

„13 und 14!", antwortete Nina, die hinter ihm stand.

„Das ist ein Pärchensitz!", rief Marcel. Nina zuckte mit den Achseln.

„Es war kein anderer mehr frei!"

Marcel stellte den großen Becher Popcorn in der Mitte ab, dann drehte er sich um und half Nina aus dem Mantel. Sie trug einen kurzen Rock, und einen Moment lang konnte er ein Stück Spitzensaum an ihren Oberschenkeln sehen. Sie trug keine Strumpfhose, sondern Strümpfe, und diese Erkenntnis ging ihm durch und durch. Nina lächelte flüchtig, zupfte den Rock zurecht und setzte sich. Marcel zog seine Jacke aus, verstaute sie unter dem Sitz und setzte sich ebenfalls. Es war seltsam, auf der linken Seite keine Armlehne zu haben, er wusste erst nicht, wohin mit seinem Arm. Nina hatte ihre rechte Hand neben ihr abgelegt, war da genug Platz für seine, ohne sie zu berühren? Er legte seine linke Hand in den Schoß, aber das war zu unbequem, schließlich ließ er seine Hand auf den Sitz hinuntergleiten. Ja, da war genug Platz, er berührte Ninas Hand nicht. Etwas entspannter genoss er den Vorfilm. Sie schwiegen.

Der Vorspann des Hauptfilms war gerade vorbei, als er Ninas kleinen Finger spürte. Er berührte seinen kleinen Finger, nur ganz schwach, aber er berührte ihn. Fieberhaft dachte Marcel nach, was zu tun wäre. Wegzucken? Er genoss die Berührung, er wollte sie nicht unterbinden.

Nach einigen Minuten hob er den Finger leicht an, so dass er an ihrem entlang strich. Verstohlen spähte er zu ihr und meinte, einen Anflug von Lächeln zu bemerken. Sicher war er sich nicht, es war zu dunkel. Er tat es wieder, und wieder, und sie zuckte nicht weg. Aber sie reagierte auch nicht.

Dann, auf einmal, hob sie ihren Finger ebenfalls, und ihr Finger fing seinen, sie verschränkten sich. Marcels Herz klopfte stark, als sie seine Hand nahm, und sich alle Finger berührten, Fingerspitzen auf Fingerspitzen, um dann in die Räume zwischen die Finger des anderen zu gleiten. Er spürte ihren Ehering, als ihre Hände eine Einheit bildeten.

Minuten vergingen. Es fühlte sich so intim an, ihre weiche Haut, ihre Fingerkuppen, ihr Handballen. Marcel konnte sich nicht mehr auf den

Film konzentrieren, auch wenn er so tat. Dann zog sie seine Hand näher heran, er berührte nun ihren bestrumpften Oberschenkel. Sie löste den Griff und schob seine Hand auf ihr Bein. Er fühlte das feine Netz ihrer Strumpfhose an seinen Fingerkuppen, ihre Schenkel darunter. Nina schob ihre Hand mit dem Ehering auf seine Jeans, und die Nähe zu seinem besten Teil ließ das Blut schießen. Sie schauten beide weiter auf die Leinwand, ließen sich nichts anmerken, auch nicht, als Marcel seine Hand immer weiter nach oben schob. Er erreichte den Spitzensaum, das Ende ihres Strumpfes, und erfühlte die Höhen und Tiefen der Spitze. Es fühlte sich gut an, und dann, dann war da ihre nackte Haut. Weich, warm, fest. Sein Herz klopfte ihm inzwischen bis zum Hals, seine Hand war inzwischen deutlich unter ihrem Rock. Ob das ihre Sitznachbarn wohl bemerkten?

Er ließ seine Hand, wo sie war, strich sanft mit seinen Fingerkuppen über ihre Haut, wagte sich aber nicht weiter vor. Nach einigen Minuten erhob Nina sich leicht und rückte an ihn heran. Seine Hand rutschte automatisch etwas höher, und er bemerkte, dass Nina ihre Schenkel leicht gespreizt hatte. Ninas Hand schob sich in seinen Schritt, auf seinen Schwanz, der sich von innen gegen seine Jeans drängte, und sie begann, ihn sanft durch den Stoff zu streicheln. Auch er wagte sich nun weiter vor. Ihre Haut wurde immer weicher, empfindlicher, schließlich erreichte er die Falte, die ihren Oberschenkel von ihrem Unterleib trennte. Spätestens hier hätte er erwartet, auf ihren Slip zu treffen, aber da war keiner. Nina trug keinen Slip. Hart presste sich sein Schwanz gegen den Stoff, gegen Ninas massierende Hand. Nina war rasiert, frisch, er fühlte keine Stoppel, als er seinen Weg fortsetzte, ah doch, da, in der Mitte, war ein gestutzter Streifen, der ihn nach unten lenkte. Marcel bemerkte, wie sie ein wenig tiefer rutschte, ein wenig weiter die Schenkel spreizte. Sie machte sich bereit für seine Hand.

„Leg' deine Jacke über deinen Schoß!", flüsterte sie, etwas abgehackt, etwas atemlos. Die ersten Worte seitdem sie sich gesetzt hatten. Noch immer sahen sie sich nicht an, blickten nach vorn auf die Leinwand, ohne etwas mitzubekommen. Marcel verstand erst nicht, dann tat er es einfach. Nina öffnete den Knopf seiner Jeans, geschickt mit einer Hand, und er verstand.

Der Schamhaarstreifen ging über in die gebirgigen Ausläufer ihrer Vulva, und er ließ sich Zeit, sie zu erkunden. Die seitlichen Hänge, der Kamm, unter dem sich irgendwo das Geheimnis des Berges, ihre Perle, verbarg. Der Weg führte ihn jedoch zunächst weiter zu einem Bergsee, Nina war feucht, und die Feuchtigkeit drängte heraus. Sanft ließ er seinen Zeige- und seinen Mittelfinger in ihren Bergsee eintauchen, und Nina sog hörbar die Luft ein.

Ninas geschickte, kleine Hand hatte Marcels Schwanz schnell befreit, hart und prall stand er nun nach oben, verborgen nur durch die Jacke. Nina erkundete ihn sanft, erfühlte den Schaft mit den dicken Adern, glitt hinunter zu seinem Hoden, streichelte ihn. Sie ließ sich Zeit. Marcel tauchte mit den beiden Fingern so tief ein, wie die Stellung erlaubte, und er begann, mit dem Handballen etwas Druck auszuüben, in leicht kreisenden Bewegungen. Er hörte, wie sich ihr Atem änderte. Sie sah weiterhin zur Leinwand, aber ihr Mund stand nun leicht offen, und manchmal entwich ihm ein gepresster Laut.

Nina ergriff nun seinen Schaft und begann, ihn zu wichsen, auf und ab, zunächst sehr langsam. Marcel bemerkte, dass auch sein Atem gepresster wurde. Marcel zog seine Finger zurück, sie waren über und über mit ihrer Feuchtigkeit bedeckt, und suchte ihre Klitoris. Da war sie, die Perle unter dem Berg, und er begann, sie direkt zu stimulieren. Nina fiel es sichtlich schwerer, ruhig zu bleiben, er fühlte ihren Kampf, nicht zu auffällig zu sein. Offensichtlich kam sie dem Orgasmus näher, ab und zu durchfuhr sie ein leichtes Zittern, und obwohl sie immer noch seinen Schwanz wichste, merkte Marcel doch deutlich, wie unkonzentriert sie dabei war. Sie begann, mit dem Beckenboden hin- und herzurutschen, Ablenkungsbewegungen, und dann entfuhr ihr ein leises Stöhnen, ein letztes Aufbäumen.

„Danke", flüsterte sie und schob seine Hand weg. Ihre Konzentration auf seinen Schwanz war wieder da, zärtlich und doch kräftig rieb und wichste sie ihn, so dass er dem Orgasmus schnell näher kam. Die Situation, hier mit Nina, im Kino, seine linke Hand voll mit ihrer Lust, machte ihn sehr an. Und sie konnte es gut, er würde sehr bald kommen. In seine Jacke, durchfuhr es ihn, er würde seine Jacke versauen - nein, er durfte nicht kommen, aber gab es überhaupt noch ein Zurück? Ninas kleine Hand musste vielleicht noch ein- oder zweimal auf- und abschnellen, weiter war er nicht mehr vom Orgasmus entfernt.

„Sag Bescheid!", flüsterte Nina, und da war schon der Punkt ohne Wiederkehr erreicht.

„Bereit!", presste er hervor, und Nina zog seine Jacke beiseite, nahm seinen Schwanz zwischen die Lippen, und Marcel spritzte in ihren Mund.

„Und, wie fandest du den Film heute?", fragte Nina, als sie draußen vor dem Kino standen. Marcel lachte.

„Im Großen und Ganzen ein beeindruckendes Kinoerlebnis", sagte Marcel, „aber ich denke, ich muss den Film noch einmal sehen, um ihn ganz zu durchdringen." Auch Nina lachte.

„Na dann! In einem Monat ist der nächste Kinoabend", sagte sie und umarmte ihn zum Abschied. Ihr Duft verschaffte ihm beinahe erneut eine Erektion. Sie löste sich von ihm, und etwas versonnen sah er ihr nach, als sie in der Nacht verschwand.

Der Lauf

„Ich gebe dir zwei Minuten Vorsprung!", sagte Paul, während er sich dehnte. Anna und er standen auf dem Waldparkplatz, auf dem sie sich jeden Sonntagmorgen zum Laufen trafen. Anna schnürte gerade ihre Schuhe.

„Und dann?", fragte sie. Bisher waren sie immer zu zweit gelaufen. Er zuckte mit den Achseln.

„Mal sehen, ob ich es schaffe, dich einzuholen."

Anna überschlug die Strecke im Kopf. Vermutlich würde er es schaffen. Aber wenn sie sich richtig anstrengen würde, vielleicht auch nicht. Anna richtete sich auf.

„Okay!", sagte sie.

„Zwei Minuten!", sagte Paul.

„Zwei Minuten!", wiederholte sie, startete das Tracking an ihrer Uhr und lief los.

Es würde ein schöner Tag werden, noch war es früh. Die Sonne schien durch das Blätterdach, Vögel zwitscherten. Außer ihr war niemand unterwegs. Sie bog rechts ab, die Steigung zum ersten Hügel hinauf. Es war seltsam, allein zu laufen. Sie lief schon seit einigen Jahren regelmäßig mit Paul. Nina und Marcel waren Langschläfer und Sportmuffel, und spätestens mit der Ankunft der Kinder hatte sich diese Aufteilung verfestigt.

Oben auf dem Hügel warf sie einen Blick zurück, aber Paul war noch nicht zu sehen. Sie lief hinunter in ein weit gezogenes Tal, bald war ein kleiner Bachlauf an ihrer Seite. Am Ende musste sie wieder bergaufwärts laufen, vorher sah sie sich einmal um.

Da war Paul, auf dem Hügel. War er schon näher gekommen? Obwohl er so weit weg war, meinte sie, eine gewisse Härte in seinem Gesicht zu sehen, und es änderte etwas in Anna. Instinktiv beschleunigte sie. Anna hatte es noch nie vermocht, Paul zu deuten. Und jetzt, wo sie ein paar Mal Sex gehabt hatten, hatte sich das nicht geändert, im Gegenteil. Paul hatte eine Präsenz, eine Aura, die so ganz anders war als die von Marcel. Marcel war stets bemüht, sie zu befriedigen, und das hatte er über die Jahre auch perfektioniert. Paul tat Dinge mit ihr, weil er es so wollte, nicht weil es ihr gut tat. Und gerade das machte sie an.

Anna zwang sich, nicht zu sprinten, weil sie wusste, dass sie das nicht lange durchhalten würde. Gleichmäßig zu laufen war am effizientesten, das wusste jeder Läufer. Sie bezwang den nächsten Hügel durch offenen Buchenwald, und oben sah sie sich wieder kurz um. Paul war schon am Fuß des Hügels, er kam definitiv näher. Panik stieg in ihr auf, ihr Herz begann, noch schneller zu rasen. Sie wollte nicht, dass er sie einholte. Was würde er tun?

Anna beschleunigte wieder, dieses Mal auf ein Tempo, das nicht mehr vernünftig war. Sie spürte die Anstrengung in den Beinen und in der Lunge, und ihr Puls steigerte sich auf bisher nicht erreichte Höhen. Sie wusste, sie würde das nicht durchhalten, aber er durfte sie nicht einholen. Er durfte einfach nicht.

Eine Weile blieb er außer Sichtweite, dann hatte auch er den Hügel erklommen, und mit Schrecken stellte Anna fest, dass ihre Beschleunigung nichts gebracht hatte. Paul kam näher und näher, und ihr schwanden die Kräfte. Die Lunge schmerzte jetzt bei jedem Atemzug, die Beine brachen fast zusammen, und es waren noch zehn Meter, fünf Meter. Sie schwitzte, die Schweißperlen rannen ihren Oberkörper hinab, verfingen sich in ihren Lauf-Shorts. Und sie spürte Erregung. Die Flucht - ja, es war eine Flucht - machte sie an. Der Schrecken, die Panik, das Monster, das hinter ihr her war, all das erregte sie.

In dem Moment ergriff eine Hand ihre Hüfte, und geschwächt geriet sie ins Straucheln, fiel in das Laub des letzten Jahres. Paul stürzte auf sie, ein Muskelpaket, pumpend vor Energie, schweißgebadet, und zusammen rollten sie einen Abhang hinunter, Laub wirbelte auf.

Am Fuß des Abhangs blieben sie liegen, er über ihr, Anna mit dem Rücken auf dem Waldboden. Er ergriff ihre Arme, legte die Handgelenke übereinander und fixierte sie über ihrem Kopf, und sie war zu schwach, um sich dagegen zu wehren. Langsam tat das Atmen nicht mehr weh, langsam erholte sich ihr Körper von der Anstrengung. Mit der freien Hand griff ihr Paul zwischen die Beine, ihre Shorts war nass vom Schweiß und von ihrer Erregung. Paul grinste und zog ihr die Shorts über den Po, die Beine hinab, dann griff er wieder zu und drang mit zwei Fingern in sie ein. Anna stöhnte auf. Pauls Daumen reizte ihre Klitoris, während seine Finger sie fickten. Anna stöhnte immer unkontrollierter.

„Gefällt dir wohl!", grunzte Paul zufrieden, dann drehte er sie mit drei geschickten Handgriffen herum. Ihre Knie, ihre Brust, ihre Arme berührten den Waldboden, ihr Po war erhöht, und dann war da sein Schwanz, sein dicker Schwanz, teilte ihre Schamlippen und drang tief in sie ein. Ihre Finger krallten sich ins Erdreich, als er begann, sie mit kräftigen Stößen zu vögeln.

Paul tippte sie an der Schulter an.

„Hab dich!", rief er lächelnd. Ihre Lunge schmerzte, sie stützte sich auf ihre Oberschenkel, nachdem sie zum Stehen gekommen war. Dann sah sie ihn an.

„Was guckst du so enttäuscht?", fragte Paul, „war doch klar, dass ich das schaffen würde, oder? Das nächste Mal gebe ich dir drei Minuten!"

Er lief entspannt weiter, drehte sich nach ein paar Metern zur keuchenden Anna um.

„Jetzt komm' schon!", rief er lächelnd.

Spielplatz

Marcel setzte sich auf die Bank am Rand des Spielplatzes. Die Kinder tobten zu den Gerüsten, innerhalb von Sekunden nahm keines mehr Notiz von ihm.

Er hatte sich ja darauf eingelassen. Es hätte ja auch anders ausgehen können.

Nina und Paul waren zu Besuch, und die Stimmung war ab der ersten Minute aufgeheizt. Nina trug ein ausgeschnittenes Top, er konnte die Ansätze ihrer Brüste gut erkennen. Die Umarmung war herzlich und innig, fester als früher, und ihr Lächeln vielsagend. Sie redeten Smalltalk und sagten doch so viel mehr. Andeutungen, Anspielungen, er wollte sie berühren, küssen. Ein Blick zu Anna und Paul sagte ihm, dass es den beiden ähnlich ging. Die Türen der Kinderzimmer schlossen sich, und Paul und Anna wagten einen Kuss. Ninas Lippen näherten sich ihm, er öffnete seinen Mund leicht, als er die Klinke des Kinderzimmers hörte. Wie ertappte Teenager gingen sie auseinander, fuhren sich durch die Haare. Die Kinder hatten nichts bemerkt.

„Jemand muss mit den Kindern raus", sagte Nina, als diese wieder in den Zimmern verschwunden waren.

Damit die anderen ficken können, vervollständigte Marcel den Satz im Kopf, und das Blut schoss ihm in den Penis.

Einen Moment sagte niemand etwas.

„Streichhölzer ziehen?", fragte Paul und nahm die Streichholzschachtel in die Hand.

Marcel betrachtete das abgebrochene Streichholz zwischen seinen Fingern. Die Bruchstelle war zersplittert, der rote Zündkopf glänzte leicht. Es erinnerte ihn ein wenig an einen Penis, und er lächelte unwillkürlich. Der Spielplatz hatte sich gut gefüllt, an einem Samstagnachmittag war hier immer viel los. Er sah auf die Uhr. Eine Stunde Zeit sollte er ihnen mindestens geben.

Es war das erste Mal, dass Anna ohne sein Beisein mit jemand anderem Sex hatte. Obwohl, so ganz sicher war er sich da nicht. Sie hatten schwierige Zeiten in der Beziehung gehabt, und er wusste ja, wie Anna während des Studiums gewesen war.

So oder so war es das erste Mal, dass er davon wusste, und sie hatten es nicht abgesprochen. Sie hatten beide das Streichholz gezogen, das war der Konsens. Sie hätten es beide verweigern können. Und trotzdem fühlte es sich jetzt seltsam an, nicht gut. Zu wissen, dass Paul vielleicht gerade in ihr war. Ihre grenzenlose Lust, fokussiert auf Nina und Paul.

Paul öffnete ihm die Tür, und die Kinder jagten in die Wohnung.

„Klopf mal am Badezimmer!", sagte Paul lächelnd. Marcel zog seine Jacke aus, dann bahnte er sich seinen Weg durch die Wohnung. Er klopfte an der Badezimmertür. Nina öffnete ihm mit verwuschelten Haaren und roten Wangen, sie trug nur BH und Slip. Hinter ihr stand Anna, ihre Augenlider waren immer noch auf Halbmast. Anna war nackt. Die beiden Frauen waren anscheinend gerade dabei, sich wieder fertigzumachen.

„Komm' rein!", sagte Nina und zog ihn heran, „wir wollen uns bei dir noch bedanken!"

Sie schloss die Tür hinter ihm ab und wandte sich ihm zu, um seinen Gürtel zu öffnen. In seinem Rücken spürte er Annas nackte Brüste, die ihn nun von hinten umarmte, seinen Hals küsste. Da waren Ninas gerötete Lippen, ihre Zunge, während sie nach dem Gürtel seine Hose öffnete, ohne hinzusehen. Sie griff in seine Boxershorts und holte seinen halb erigierten Schwanz hervor, dann tauchte sie ab. Als er seinen Kopf drehte und seine Frau küsste, spürte er Ninas Lippen an seinem Schwanz. Innerhalb von Sekunden war er komplett steif, prall. Ninas Zunge spielte mit seiner glänzenden Eichel, dann nahm sie sie komplett in den Mund. Anna beendete den Kuss und lächelte ihn an, dann ging auch sie in die Knie, und einen Wimpernschlag später spürte er ihre Lippen an seinen Hoden. Marcel blickte hinab auf die beiden Frauen, ihre langen Haare zu Zöpfen gebunden. Anna hatte sich auf ihre Knie gesetzt, ihr knackiger, nackter Po lag direkt auf ihren Fersen, Nina hatte sich hingehockt. Anna nahm vorsichtig einen Hoden in den Mund, während Nina jetzt zu ihm hochsah, sein Schwanz tief zwischen ihren Lippen. Marcel bemerkte, wie ihn dieser Anblick, diese Reizung überwältigte. Marcel konnte seine Erregung normalerweise gut kontrollieren, er kam zum Orgasmus, wenn er es wollte, aber jetzt war es anders. Er geriet außer Kontrolle. Anna ließ seinen Hoden los und wandte sich auch seinem Schwanz zu. Von der Wurzel küsste sie sich seinen Schaft entlang, bis sie auf Nina stieß. Diese zog sich ein wenig zurück, so dass schließlich beide Frauen an seiner Eichel waren, Nina von der einen, Anna von der anderen Seite, und ihre Zungen spielten mit ihm und miteinander. Da war es um ihn geschehen, er spürte den Punkt ohne Wiederkehr, und die erste Welle entlud sich auf die Badezimmerfliesen. Anna und Nina sahen lächelnd zu ihm hoch, als die zweite Welle kam, und die dritte, und dann wurden seine Knie weich.

Am Ende des Tages, bei der obligatorischen Umarmung zur Verabschiedung, flüsterte Nina Marcel etwas ins Ohr.

„Das nächste Mal will ich dich auch wieder in mir spüren!"

Dann löste sie sich von ihm und ging zum Auto, in dem Paul und die Kinder winkend warteten.

Die Bar

Abpfiff, das Spiel war vorbei. Ihre Mannschaft hatte den Sieg geholt, knapp, aber verdient, und Marcel war voller Adrenalin. Er wollte noch nicht nach Hause. Er sah zu Paul.

„Nehmen wir noch eins?"

Paul lächelte und nickte, und wenig später kam das vierte Guiness des Abends. Der Irish Pub leerte sich schnell nach dem Ende des Spiels. Sie sprachen noch eine Weile über das Spiel.

„Hab ich in deinen Mund gespritzt?", fragte Marcel irgendwann unvermittelt. Der Alkohol rauschte durch seine Adern.

„Was meinst du?", fragte Paul irritiert.

„Als wir zu viert Sex hatten, hast du mir doch mit Anna einen geblasen, oder?"

„Ja", sagte Paul zögernd, „in der Hitze des Gefechts, du weißt schon." Er sah zu Boden, es schien ihm unangenehm zu sein.

„Und, hab ich in deinen Mund gespritzt?"

„Ja, hast du", sagte Paul knapp.

Marcel sah ihn eine Weile an.

„Wie war das?", fragte er dann.

„In dem Moment ziemlich geil", gab Paul zu, „aber du weißt schon, ich bin nicht schwul, ich stehe nicht auf Männer."

Marcel nahm einen Schluck von seinem Bier. Einen Moment lang sagten sie beide nichts.

„Ich hätte Lust, dich zu küssen", meinte Marcel dann. Er war betrunken, definitiv. Sonst wäre ihm dieser Satz nicht über die Lippen gekommen, oder?

Paul sah sich um.

„Aber nicht hier, oder?"

Als Marcel klar wurde, dass das ein Ja war, kribbelte es in seinem Bauch.

„Nebenan?", fragte er so lässig er konnte, die Aufregung schwer verbergend. Nebenan war eine Schwulenbar mit einem sehr kontaktfreudigen Ruf. Natürlich waren sie beide noch nie dort gewesen, warum auch, sie waren ja nicht schwul.

„Okay!", sagte Paul und leerte sein Glas in einem Zug, „dann lass uns zahlen!"

Die Bar war voll, auch heute, an einem Werktag. In einer Ecke war noch ein Stehtisch frei, sie bahnten sich ihren Weg dorthin. Marcel spürte die Blicke, sie fühlten sich skeptisch an.

„Die denken doch alle: was wollen diese Heten hier?", sagte Paul, als sie am Stehtisch angekommen waren. Marcel lachte.

„Den Zahn können wir ihnen ziehen", meinte er dann, ergriff Paul an der Hüfte und zog ihn näher heran. Paul wirkte fast ein bisschen schüchtern, so kannte Marcel ihn gar nicht, im Gegenteil. Und Marcel, der sonst nicht der Draufgänger war, fühlte sich an diesem Abend als ebensolcher. Der erste Kuss war zärtlich, Lippen auf Lippen, das Gefühl kitzelnder Bartstoppel, aber Marcel wurde drängender, öffnete die Lippen, stieß seine Zunge hervor, und Paul nahm sie an, wich nicht zurück. Marcel bekam eine Erektion. Ja, sie taten es wirklich, in der Öffentlichkeit, in der sie jeder sehen konnte. Das machte ihn an, sehr an, und er meinte auch, etwas in Pauls Hose zu spüren. Marcel legte seine Hände auf Pauls Po und zog ihn noch näher heran, presste seine Hüfte an seinen Körper, und ja, da war eine Erektion in Pauls Hose, und eine nicht zu kleine. Der Kuss wurde leidenschaftlicher, und er dauerte fast eine Viertelstunde, bis sich ihre Lippen das erste Mal wieder lösten. Die Hände waren jeweils auf dem Po des anderen, als sie sich in die Augen sahen.

„Es wäre nur fair, wenn du auch mir in den Mund spritzen würdest", sagte Marcel und nickte zur Theke. Neben der Theke war ein Durchgang, immer wieder verschwanden dort Männer oder kamen wieder heraus. Paul sah ihn verwirrt ihn.

„Wie meinst du das?", fragte er.

„Im Darkroom. Ich will deinen Schwanz lutschen im Darkroom!", presste Marcel hervor und küsste Paul wieder, dann zog er ihn einfach mit zur Theke und durch den Durchgang. Ein kleiner Gang führte um mehrere Ecken, dann öffnete sich der Raum. Marcel sah nichts, er hörte nur undefiniertes männliches Stöhnen aus verschiedenen Richtungen, er spürte die Anwesenheit anderer. Er hielt Pauls Hand fest, um ihn nicht zu verlieren. Vorsichtig ging er voran, Paul stolperte einmal hinter ihm und fing sich wieder. Dann waren sie an einer Seitenwand, und Marcel dirigierte Paul um ihn herum, bis dieser mit dem Rücken an der Wand lehnte. Marcel war gierig, er wollte nichts mehr als Pauls Schwanz, also öffnete er den Gürtel, den Knopf von Pauls Hose, und dann zog er seine Jeans einfach zusammen mit der Boxershorts herunter. Bevor er in die Knie ging, küsste er Paul noch einmal, dann ertastete er in der Dunkelheit seinen Schwanz, da waren seine Eier, und da seine Erektion. Auch Paul schien die Situation sehr anzumachen, und als Marcel Pauls Schwanz in den Mund nahm, stöhnte dieser laut auf. Marcel reizte Pauls dicke, pralle Eichel mit dem Vorhautbändchen, während seine Hand den Schaft rieb, und das Stöhnen wurde regelmäßiger. Marcel ließ den Schwanz aus seinem Mund gleiten und wichste Paul nun stärker, während er sich den Schaft entlang küsste. Den Schwanz ganz nach oben gerichtet leckte er nun seine Eier, um dann, auf einmal, seinen Schwanz wieder ganz aufzunehmen, quittiert von einem lauten Stöhnen. Immer schneller ließ er nun Pauls Schwanz in sich fahren, während er mit den freien Händen seine Hose öffnete. Sein Schwanz sprang prall hervor, und Marcel begann, sich zu wichsen. Pauls Keuchen wurde stetig lauter, bis er aufstöhnte, und einen Augenblick später schoss seine erste Ladung in Marcels Rachen. Marcel schmeckte den eigenwilligen Geschmack von Sperma, schluckte dann, während die zweite, dritte, vierte Ladung kam und das Keuchen langsam abebbte.

Marcel stand auf.

„Komm, dreh dich um!", sagte er zu Paul. Er war noch nicht fertig. Paul zögerte anscheinend kurz, dann tat er es. Marcel erfühlte Pauls Po in der Dunkelheit, schön knackig, leicht behaart. Er drückte Pauls Oberkörper leicht nach vorne, so dass sich dieser an der Wand abstützen musste. Dann spuckte er in seine Hand, rieb seinen Schwanz ein und setzte an Pauls Rosette an. Paul sog hörbar die Luft ein, als Marcel begann, leicht Druck auszuüben. Er verstärkte den Druck, bis sich Pauls After öffnete und ihn einen Zentimeter hereinließ. Paul stöhnte sehr laut auf, so dass Marcel kurz zögerte.

„Weiter!", presste Paul hervor, und Zentimeter für Zentimeter schob sich Marcel in ihn, bis er ihn bis zum Ansatz ausfüllte. Paul stöhnte und jammerte, offensichtlich war er an der Grenze des Erträglichen.

„Fick mich!", keuchte er, „fick mich und komm in mir!"

Marcel tat wie ihm geheißen, er zog seinen Schwanz leicht heraus und stieß ihn wieder in Paul, der jedes Mal laut aufstöhnte. Paul war extrem eng, die Reizung sehr stark, und das zusammen mit der Tatsache, dass er seinen besten Freund in einem Darkroom vögelte, sorgte dafür, dass Marcel nicht viele Stöße brauchte. Er fühlte den Orgasmus kommen, dann spürte er die erste Welle, die erste Ladung, die er in Paul versenkte, die zweite Ladung, die dritte. Sein pulsierender Schwanz steckte noch in Paul, als er dessen Oberkörper heranzog, um ihn zu küssen.

„Danke", flüsterte er.

Rheinwiesen

„Wieso haben wir eigentlich nie wieder miteinander geschlafen?", fragte Anna und stützte sich auf ihre Unterarme. Sie lag mit Nina auf einer Wiese am Rhein. Es war Vormittag, die Kinder waren in der Betreuung, und es war jetzt schon sehr warm.

„Hmm", machte Nina, die in ihrem Bikini auf einem großen Saunahandtuch lag. Sie hatten sich eine ruhige Stelle ausgesucht, nur in der Ferne lag ein Pärchen.

„Kannst du dich noch daran erinnern?", fragte Anna. Nina blinzelte in die Sonne.

„Natürlich. Das war damals, als Paul mal wieder mit mir Schluss gemacht hatte. Du hast mich aus dem Loch geholt."

„Ich habe es sehr genossen damals, das weiß ich noch", sagte Anna, „und seit den letzten Ereignissen, du weißt schon, frage ich mich wirklich, was uns gehindert hat, es zu wiederholen." Anna machte eine kurze Pause. Nina hatte sich inzwischen aufgesetzt und sah sie an.

„War es Heteronormativität? Es ging immer nur um Jungs, Jungs, Jungs."

„Für dich vielleicht", sagte Nina und sah auf den Rhein, „nachdem wir Sex hatten, habe ich eine Zeit lang heftig für dich geschwärmt."

„Was?", stieß Anna hervor. Damit hatte sie nicht gerechnet.

„So war es. Ich habe damals viel überlegt, was ich mit der Schwärmerei mache. Es dir sagen. Oder nicht. Ich habe mich dann entschieden, es dir nicht zu sagen, um unsere Freundschaft nicht zu gefährden." Sie wendete ihren Kopf und sah Anna in die Augen.

„So kannst du vielleicht verstehen, warum ich nie wieder Sex zwischen uns initiierte. Von dir kam aber auch nichts. Und irgendwann war Paul dann wieder da."

Anna war überwältigt von ihren Gefühlen, Gefühlen, die sie nicht einordnen konnte, aber eins war sicher, sie wollte ihre Freundin umarmen. Also tat sie es, rutschte näher an sie heran, legte unbeholfen ihre Arme um sie und musste bemerken, dass man sich im Sitzen nicht gut umarmen kann. Anna sah Nina in die Augen.

„Darf ich dich küssen?", fragte sie, und Nina nickte. Ein langer, zärtlicher Kuss folgte, intensiv und sinnlich, und als er beendet war und sie sich wieder ansahen, sagte Anna:

„Ich möchte, dass wir füreinander schwärmen können, und dass es das Natürlichste der Welt ist!"

Ninas Augen wurden feucht.

„Und ich möchte mit dir schlafen", fügte Anna flüsternd hinzu. Nina wischte sich eine Träne aus den Augen.

„Hier?", fragte sie. Anna nickte.

„Hast du noch Platz auf deinem Handtuch?", fragte sie, und Nina rückte ein Stück. Dann lagen sie nebeneinander auf dem breiten Saunahandtuch, seitlich einander zugewandt, und Annas Hand streichelte über Ninas Kurven, ihre Hüfte, ihre Taille.

„Du bist schön", sagte Anna lächelnd, „ich kann Marcel verstehen."

Nina beugte sich zu Anna und verschloss ihren Mund mit einem Kuss, zog ihr rechtes Bein nach und schob es leicht zwischen Annas Beine. Der Kuss wurde wieder lang und zärtlich, und Nina begann, Annas Rücken zu streicheln, während ihr Bein durch leichten Druck Annas Schenkel öffnete. Ihre Zungen spielten miteinander, und Nina zog an der Schleife von Annas Bikinioberteil. Anna spürte, wie es sich von ihren Brüsten löste, und unterbrach den Kuss, um sich umzusehen. Niemand war in Sicht. Nina zog Annas Bikinioberteil beiseite und nahm den Kuss wieder auf. Ninas Oberschenkel drängte nun gegen Annas Geschlecht, ihre Hand knetete ihren Po. Annas Brustwarzen erigierten, und sie spürte ihre Feuchtigkeit im Bikinislip. Nina löste ihre Lippen von Annas und küsste sich über ihre Brüste und ihren Bauch hinab zum Zentrum von Annas Lust. Sie spreizte Annas Schenkel so weit es ging, dann schob sie den schon feuchten Slip ein wenig beiseite. Zeigefinger und Mittelfinger ihrer rechten Hand fuhren durch Annas Spalte, während sie sie offensiv anlächelte. Anna atmete tief durch. Die beiden Finger drangen in sie ein, suhlten sich in ihrer Feuchtigkeit, wurden wieder herausgezogen. Anna keuchte. Dann tauchte Ninas Kopf ab zwischen ihre Schenkel, und wenig später spürte sie ihre Zunge, erst an ihren Schamlippen, dann an ihrer Klitoris. Anna stöhnte auf. Nina schleckte mit der breiten Zunge über ihre Schamlippen, dann umkreiste ihre Zungenspitze wieder ihre Klitoris, schlug vibrierend gegen sie. Anna lehnte sich zurück, legte ihren Kopf auf dem Handtuch ab, und dann, plötzlich, nahm sie eine Bewegung aus den Augenwinkeln wahr. In einiger Entfernung stand ein junger Mann und sah ihnen zu. Anna zuckte, und Nina merkte sofort, dass etwas nicht stimmte. Sie sah auf und sah den Mann ebenfalls.

„Lass uns zu uns gehen, da sind wir ungestört", sagte sie und reichte Anna das Bikinioberteil. Anna nickte.

„Was ist denn das?", rief Anna und lachte. Sie waren küssend und knutschend in die Wohnung gefallen, hatten sich gegenseitig ausgezogen, ihren Weg zum Schlafzimmer gebahnt. Und dann hatte Nina dieses Ding aus dem Schrank geholt.

„Ein Double-Strap-On", antwortete Nina lächelnd, „den kann man anlegen wie einen Gürtel, dieses Ende kommt in mich, und dieses Ende." Sie beendete den Satz nicht und streichelte stattdessen den schwarzen Gummidildo, der an dem Gürtel befestigt war.

„Warum habt ihr so etwas?", fragte Anna, und Nina lächelte vielsagend.

„Tja, Paul mag es, wenn ich ihn ab und zu ficke", sagte sie, machte eine kurze Pause und fügte dann hinzu: „In letzter Zeit wieder häufiger."

Anna beugte sich zu ihr und ergriff den Gummischwanz.

„Fühlt sich gut an", sagte sie.

„Und, soll ich ihn anlegen?", fragte Nina. Anna nickte erwartungsvoll. Nina nahm den nach innen zeigenden, kleineren Dildo in den Mund, speichelte ihn ein und führte ihn in ihre Muschi ein. Als sie den Gürtel festzog, richtete sich der äußere Dildo auf. Nina kniete auf dem Bett, Anna krabbelte auf allen Vieren heran und nahm den schwarzen Gummidildo in den Mund, sah dabei nach oben in Ninas Augen.

„Interessante Perspektive", sagte Nina lächelnd. Sie legte ihre rechte Hand unter Annas Kinn, und Anna spürte einen leichten Druck, der sie veranlasste, den Dildo aus dem Mund gleiten zu lassen und sich aufzurichten. Sie küssten sich wieder, und Ninas Erektion stand wie eine Barriere zwischen ihnen.

„Hast du Lust, ihn zu spüren?", fragte Nina, und Anna nickte.

„Komm, leg dich hin!", sagte sie, und Anna ließ sich rücklings auf das Bett fallen. Nina folgte ihr, die Knie zwischen Annas gespreizten Schenkeln, ihre baumelnden Brüste streiften Annas erigierte Brustwarzen. Dann wieder ein Kuss, ihr Körper auf Annas Körper, ihr Gummischwanz zwischen ihren Beinen. Die Eichel teilte ihre Schamlippen, und sanft drang Nina ein. Anna stöhnte auf.

„Ich weiß gar nicht, wie du es magst", sagte Nina, „lieber etwas härter, oder sanft?"

„Du hast einen ganz schön großen Schwanz, vielleicht erst mal etwas sanfter", stieß Anna leicht keuchend hervor. Und Nina begann sanft.

„Ja - ja!", stöhnte Anna laut. Nina lag seitlich hinter ihr, Anna spürte ihre Brüste an ihrem Rücken, und sie vögelte sie. Ninas rechter Zeige- und Mittelfinger kreisten auf ihrer Klitoris, stimulierten sie stark, und der Gummischwanz fuhr gleichzeitig in sie, wurde wieder herausgezogen, fuhr wieder in sie.

„Oh ja, weiter, bitte weiter!", flehte Anna, und sie spürte den Orgasmus kommen. Der Wellen brandeten an, und Anna keuchte und stöhnte über sie hinweg. Als die Kontraktionen schwächer wurden, drehte sie ihren Kopf zu Nina.

„Das nächste Mal warten wir nicht so viele Jahre", sagte Anna.

„Nie wieder", antwortete Nina und küsste sie.

Erwischt

Als Marcel den Schlüssel herumdrehte, bemerkte er verwirrt, dass die Wohnungstür nicht abgeschlossen war. Er war sehr früh dran heute und hatte erwartet, dass niemand zu Hause war, die Kinder waren noch in der Betreuung, und Anna war laufen mit Paul. Vielleicht hatte sie vergessen abzuschließen. Er öffnete die Tür und betrat den Flur, und sofort hörte er das Keuchen. Wie eine Filmszene, dachte er. Der Ehemann kommt zu früh von der Arbeit und erwischt seine Frau beim Seitensprung. Er stellte seine Tasche ab, zog seine Jacke und Schuhe aus und ging weiter ins Wohnzimmer. Das Keuchen kam offensichtlich aus dem Schlafzimmer, und ja, es war Anna, aber es wirkte anders, irgendwie unterdrückt. Marcel ging weiter, er bemerkte, dass er schlich, nicht auffallen wollte. Die Tür zum Schlafzimmer stand halb offen. Ja, jemand hatte dort Sex mit Anna, es war ihr Stöhnen, und er erkannte jetzt deutlich das Geräusch einer schmatzenden Muschi. Er näherte sich vorsichtig der Tür, lugte um die Ecke.

Es war Paul. Er vögelte Anna doggy in seinem Ehebett. Die Eifersucht schoss heiß durch ihn. Die beiden kehrten ihm den Rücken zu und bemerkten ihn nicht. Hey, seine Frau hat dir im

Kino einen geblasen, sagte er sich, aber seine Eifersucht ging nicht weg. Dann bemerkte er, warum Annas Stöhnen so ungewohnt klang: sie trug einen Knebel, einen Gummiball, festgeschnallt an ihrem Kopf, und ein Speichelfaden seilte sich auf das Laken ab. Über ihren Augen trug sie eine schwarze Schlafmaske. Er hatte nun einen guten Blick auf ihren Hintern, ihre Muschi, in die immer wieder Pauls Schwanz fuhr. Da bemerkte er noch ein Detail - ihre Beine waren durch eine Stange gespreizt, die mit Schellen an ihren Knöcheln befestigt war. Marcel zog sein Handy hervor und machte ein Foto. Dann schickte er es Nina.

„Mach mit!", schrieb sie ihm zurück, und Marcel betrat das Zimmer. Paul bemerkte ihn, ein überraschter Blick, aber er ließ sich nicht davon abbringen, seine Anna zu vögeln. Im Gegenteil. Paul winkte ihn heran, legte dabei den Zeigefinger auf seine Lippen. Marcel kam näher, auf leisen Sohlen, und eine brennende Neugier erfasste ihn. Er sah sich genau an, wie Pauls glänzender Schwanz immer wieder zwischen ihren Schamlippen verschwand und wieder auftauchte, wie Annas Feuchtigkeit fast schaumig hervortrat. Dann legte er sich mit dem Rücken auf das Bett und betrachtete die Szenerie von unten, Annas Muschi, ihre Klitoris, die fast keck hervorstand, die Bewegung ihres Beckens, wenn Pauls Schwanz ganz in ihr versenkt war. Ihre baumelnden Brüste mit den harten Brustwarzen, ihre Lippen mit dem Gummiknebel. Ihre Lust.

Da ist noch jemand, fuhr es durch Anna. Paul war nicht alleine. Nicht zu wissen, wer es war, ängstigte Anna und machte sie gleichzeitig an. Paul hatte ihr ein Abbruchzeichen gezeigt, Daumen runter an der rechten Hand, sie musste es nur zeigen, und der Sex wäre beendet. Sie überlegte kurz, dann war da eine Zungenspitze an ihrer Klitoris, während Pauls Schwanz sie weiter penetrierte, und der Gedanke hatte sich erledigt. Sie stöhnte auf.

Heute beim Laufen hatte Paul ihr wieder Vorsprung gegeben, wieder hatte es sie extrem angemacht, vor ihm davonzulaufen, und wieder hatte er nichts gemacht, als er sie erreichte. Paul brachte sie immer mit dem Auto nach Hause, und als sie heute vor dem Haus standen, war Anna immer noch erregt. Paul machte gerade Anstalten, wieder ins Auto zu steigen, als Anna sich ein Herz fasste.

„Möchtest du nicht noch mit hochkommen?", fragte sie verlegen, „die Kinder und Marcel sind nicht da."

Paul blieb neben dem Auto stehen und sah sie an.

„Willst du das wirklich?", fragte er. Das klang so, als gäbe es einen guten Grund, es nicht zu wollen, und das beunruhigte Anna etwas. Und sie realisierte, dass es sie erregte. Paul war so unberechenbar für sie. Gleichzeitig war klar, dass sie es unbedingt wollte.

„Ja!", sagte sie und nickte. Paul ging zum Kofferraum, holte einen Rucksack hervor, den sie vorher noch nicht bei ihm gesehen hatte, und ging zu ihr.

„Na dann los!", sagte er, und Annas Herz machte einen kleinen Sprung, weil er mitkam, und bekam gleichzeitig einen kleinen Stich, weil irgendetwas seltsam war. Anna schob die Gedanken beiseite und öffnete die Haustür des Mehrfamilienhauses. Sie hätte am liebsten hier schon seine Hand genommen, ihn geküsst, aber die neugierigen Nachbarn hätten sicher die falschen Schlüsse gezogen. Oder die richtigen? Ging sie hier gerade fremd? Die ganze Sache mit Nina und Paul entwickelte sich einfach, sie sprachen nicht darüber, was erlaubt war und was nicht. Wieder schob sie die Gedanken beiseite und konzentrierte sich auf das Gefühl, das sie schon seit ihrer Studienzeit nicht mehr gehabt hatte. Das aufregende Gefühl, einen Mann mit nach Hause zu nehmen. Das Wissen, gleich gevögelt zu werden. Die Vorfreude.

Im Wohnungsflur ergriff sie endlich seine Hand, zog ihn weiter ins Schlafzimmer, sie war gierig. Im Schlafzimmer küssten sie sich neben dem Bett, er zog ihr Funktionsoberteil über ihren Kopf, sie öffnete ihren Sport-BH. Kurz ging ihr durch den Kopf, dass sie duschen müsste, aber dafür war jetzt keine Zeit mehr. Anna wollte Sex.

Paul warf sie aufs Bett, sie waren beide nackt, sein Schwanz stand ungeniert, als Paul sich bückte und etwas aus dem Rucksack holte. Es war eine Stange. Paul zog sie auseinander und schraubte sie fest.

„Was ist das?", fragte Anna.

„Damit spreize ich deine Beine", sagte er und begann, die Lederschlaufe an ihrem linken Knöchel zu befestigen.

„Aber ich spreize meine Beine doch schon freiwillig!", sagte sie und tat es als Beweis, ihm ihre feuchte Muschi präsentierend.

„Gleich wirst du keine Wahl mehr haben", sagte er. Keine Wahl mehr haben, das ging Anna unerwartet heiß durch, und sie hielt still, bis Paul auch den anderen Knöchel festgebunden hatte. Dann prüfte sie, ob sie ihre Beine noch schließen konnte, es ging nur noch mit Gewalt und einer sehr unangenehmen Verdrehung der Knie. Also lag sie da, vor Paul, mit weit geöffneten Schenkeln, der Blick frei auf ihre Muschi, die immer feuchter wurde. Paul holte eine Kugel hervor, an der seitlich zwei Lederbänder befestigt waren. Er ging um das Bett herum zu ihrem Kopf.

„Mach den Mund auf!", sagte er, und erst jetzt realisierte Anna, dass es ein Knebel war. Anna öffnete brav die Lippen, etwas erstaunt über sich selbst. Paul brachte sie dazu, Dinge zu tun, die bisher nicht in ihrem Kopf existierten. Etwas unsanft stopfte dieser die Kugel in ihren Mund und schnallte sie fest. Ihr Kiefer war aufgesperrt, etwas unangenehm, aber nicht zu sehr. Anna versuchte, etwas zu sagen, aber es kam nur ein brummendes Geräusch. Ein Anflug von Panik stieg in ihr auf - sie war wirklich unfähig zu sprechen.

„Schhhh!", machte Paul und strich ihr über den Kopf, und es beruhigte Anna tatsächlich. Paul erklärte er ihr das Abbruchzeichen. Und dann holte er noch eine Schlafmaske hervor und zog sie ihr über. Anna war blind und stumm. Ihre Hände waren frei, sie hätte ohne Probleme die Maske herunterreißen können, ohne Probleme den Knebel entfernen können, ohne Probleme die Schlaufen der Stange lösen können. Aber sie fühlte, dass es sich nicht gehörte. Also tat sie es nicht.

Oh, Anna war so willig. Sie musste inzwischen gemerkt haben, dass da noch jemand war, aber sie ließ sich einfach weiter vögeln. Ob sie wohl ahnte, dass es Marcel war? Oder war sie so geil, dass es ihr egal war? Paul hatte sich aus Anna zurückgezogen, auch Marcel war wieder aufgestanden und betrachtete Anna nun zusammen mit Paul. Anna hob den Kopf und horchte, ein wenig wie ein scheues Reh, aber sie behielt die Maske auf.

Paul löste die Schlaufen der Spreizstange, dann entfernte er den Knebel.

„Wer ist da?", fragte Anna und wischte sich über den Mund.

„Ich bin hier", sagte Paul, der sich neben sie auf das Bett gelegt hatte, und zog sie auf sich.

„Ja, aber", begann Anna wieder, aber Paul legte einen Finger auf ihre Lippen und drang wieder in sie ein. Anna stöhnte auf.

Marcel ging um das Bett herum, um die Perspektive zu wechseln. Er betrachtete das Paar nun von hinten, Annas Po, der sich hob und senkte, diese herrliche Rundung. Er trat näher heran, streckte die Hände aus und legte jeweils eine auf jede Pobacke. Instinktiv hob Anna den Kopf, aber Paul legte wieder den Finger auf ihre Lippen, und sie gehorchte. Marcel streichelte Annas Po, und längst schien ihm die Hose fast zu platzen.

Anna hörte den Reißverschluss einer Hose. Es war Marcel, oder? Dann hatte er sie beim Sex mit Paul erwischt, und die unklaren Verhältnisse stießen ihr unangenehm auf. Hatte er es als Fremdgehen empfunden? War er wütend? Was hatte er gedacht, sie so gefesselt und geknebelt zu sehen? Auf jeden Fall war es ein gutes Zeichen, wenn er sich beteiligte, wenn auch er sie vögelte. Ein Zeichen von Akzeptanz. Aber was, wenn es nicht Marcel war? Wenn hier irgendein Fremder mit ihr Sex hatte, oder noch schlimmer, ein Bekannter. In Gedanken ging sie Pauls Freunde und Bekannte durch.

Jemand stieg auf das Bett, und Paul stellte die Bewegungen ein, tief in ihr. Anna ahnte, was jetzt kommen würde, und sie fragte sich, warum sie und Marcel eigentlich nie Analsex gehabt hatten.

Sie hatte den Analsex mit Pablo geliebt, aber danach? Da war der Schwanz, der an ihrer Rosette ansetzte, und sie erinnerte sich daran, wie sie gelernt hatte, Pablos Schwanz zu empfangen, leichter Gegendruck, dann Entspannung. Als sich der Schwanz in sie schob, entfuhr ihr trotzdem ein lautes Stöhnen, fast Schreien, und ihre Atmung verstärkte sich keuchend.

Bitte lass es Marcel sein, dachte sie noch einmal, als beide Schwänze tief in ihr waren. Sie fühlte sich komplett ausgefüllt. Es war ein inniger Moment der Ruhe, drei Körper tief ineinander verwoben, warme Haut, keuchender Atem, Erschöpfung. Und dann begannen die beiden Männer, sie zu vögeln.

Ausweiden

„Nein!", rief sie, „lass das!" Anna wand sich in ihren Fesseln, um es zu verhindern, aber Paul war stärker. Von Zeit zu Zeit mochte sie es, wenn er sie fesselte, aber warum hatte sie es gerade heute zugelassen? Da war seine Zunge an ihrer Klitoris, und sie bockte noch einmal auf. Paul hatte ihr Becken fest im Griff. „Weg da!", rief sie noch einmal, bevor die Sinnesfreuden, die ihr seine Zunge bereitete, ihre Widerstandskraft nahmen.

Annas Stöhnen zeigte ihm, dass er das Wild erlegt hatte. Jetzt musste er es nur noch ausweiden. Er setzte ab und betrachtete ihre Muschi. Ein kleines Rinnsal Blut floss auf das untergelegte Handtuch. Paul tauchte wieder ab und stieß seine Zunge zwischen ihre Schamlippen. Der ungewohnte metallische Geschmack ihres Blutes brachte sein Blut in Wallung, er spürte eine starke Erektion. Dann versenkte er sein Gesicht in ihrer Scham.

Anna stand kurz vor dem Orgasmus, als sie bemerkte, dass er sie durch ihre Schenkel hindurch ansah. Eine Bestie, ein Raubtier, das ganze

Gesicht über und über mit Blut besudelt. Ihre Bestie.

„Komm, friss mich!", stöhnte sie, und er tauchte wieder ab. Anna spürte seine Zunge wieder an ihrer Klitoris, zwei Finger in ihr, und als sie dieses Mal aufbockte, ihren Rücken durchbog, lag es nicht daran, dass sie sich wehrte.

Party

„Komm!", sagte Nina und ergriff Marcels Hand, dann zog sie ihn hinter sich her quer über die Tanzfläche. Sie trug ein langes, dunkles Kleid, das komplett transparent war, und jetzt, hinter ihr, sah er ihre Pospalte, ihre perfekten Pobacken, die sich unter ihren Schritten hin- und herbewegten. Sie trug keine Unterwäsche, auch keinen BH. Nina zog ihn vorbei an teilweise halbnackten, teilweise wild verkleideten Menschen, ekstatisch tanzend zur elektronischen Musik, die laut aus den Boxen wummerte. Eigentlich mochte er keine elektronische Musik, aber hier passte sie, und ja, auch er hatte schon getanzt. Dann erkannte er Ninas Ziel. Einige Käfige hingen über der Tanzfläche, in denen ebenfalls Menschen tanzten, und einer davon wurde gerade heruntergelassen.

„Sexpositiv, was soll das bedeuten?", fragte Marcel.

„In diesem Fall heißt es, dass es nicht verboten ist, dort Sex zu haben. Und dass du in Jeans und T-Shirt nicht reinkommst!", lachte Nina. Sie lagen Arm in Arm nackt im Bett des Stundenhotels, das sie neuerdings nach dem Kinobesuch aufsuchten. Es hatte so eine ganz bestimmte, verruchte Atmosphäre, die sie beide sehr anmachte, etwas aus der Zeit gefallen, mit gedämpften, roten Licht und Spiegeln unter der Decke. Wenn ein Pärchen vor ihnen an der Rezeption stand, versuchten sie immer, seine Geschichte zu erraten. Hier trafen sich die Prostituierte mit ihrem Freier, der Chef mit seiner Sekretärin, der One Night Stand, der sich im Club nebenan gefunden hat - und Nina und Paul. Sie liebten sich eher zart als hart, genossen den Blick auf ihre Spiegelbilder und ließen sich anstecken vom Keuchen und Stöhnen aus den Nachbarzimmern.

„Ich trage immer Jeans und T-Shirt!", protestierte Marcel.

„Ich finde schon etwas für dich!", lachte Nina.

Marcel trug einen Schottenrock und ein transparentes Oberteil, passend zu Ninas Kleid. Nina wollte, dass er unter dem Rock nichts trug, aber das hatte Marcel nicht mitgemacht.

„Ich muss dich doch nur in dem Kleid sehen und bekomme schon eine Erektion!"

„Ich kümmere mich schon um deine Erektionen", sagte Nina lächelnd.

Aber Marcel ließ nicht mit sich reden. Nina bestimmte dann aber die Art der Unterwäsche, und es wurde ein glitzernder String-Tanga.

Jetzt, auf dem Weg über die Tanzfläche, spürte er den Riemen in seiner Pospalte. Ein seltsames Gefühl.

Ein Pärchen stieg aus dem Käfig, verschwitzt und erschöpft. Marcel hatte nicht auf die Käfige geachtet und fragte sich kurz, was die beiden wohl dort oben gemacht hatten, als Nina ihn schon in den Käfig zog. Der Boden bestand aus einer durchsichtigen, zerkratzten Plexiglasplatte. Mit einem Rumms schloss sich das Gitter, und schon ging es aufwärts. Nina begann zu tanzen wie sie es immer tat, expressiv und mit vollem Körpereinsatz, ganz leicht schaukelte der Käfig hin und her. Marcel sah hinab auf die tanzende Masse, dann hoch zur Empore, Publikum, das sie beobachtete, und schließlich begann auch er zu tanzen.

Nina bezog ihn immer mehr ein in ihren Tanz, rieb ihren Po an seiner Hüfte, drehte sich und küsste ihn, tanzte dann wieder alleine, näherte sich wieder, nahm seine Hände und legte sie auf ihre Brüste. Marcel führte sie hinab, legte sie auf ihren kreisenden Po. Und er bekam eine Erektion. Sein Schwanz drängte gegen das kleine Stückchen Stoff des String-Tangas, beulte es aus, ließ es abstehen von seinem Körper. Eine starke, tanzende Bewegung, und sein Schwanz rutschte ab, ließ das Stückchen Stoff hinter sich und hob den Schottenrock gut sichtbar an. Von unten durch die Plexiglasscheibe musste man ihn in aller Pracht sehen können. Nina bemerkte es sofort und grinste, dann schraubte sie ihren Körper tanzend in die Hocke, schlug den Schottenrock zurück und nahm seinen Schwanz in den Mund. Etwas panisch sah er sich um, fragte sich, ob die Leute es bemerkten, und ja, sie bemerkten es.

Grinsende Gesichter von der Empore, Beobachter von der Tanzfläche, sein Fluchtreflex setzte ein, aber er war im Käfig, konnte nicht weg, konnte sich nicht verstecken. Und Ninas Zunge ließ ihm keine Gnade, sie wusste, wie man mit einem Schwanz umgehen musste, wie man mit seinem Schwanz umgehen musste, so dass er es schließlich akzeptierte, dass ihm Hunderte Menschen bei so einer Intimität zusahen. Marcel hielt sich am Gitter fest, schloss die Augen und genoss.

Als er Nina nicht mehr spürte, öffnete er wieder die Augen. Sie hatte sich aufgerichtet und stand mit dem Rücken zum Gitter, eine Hand über dem Kopf, um sich an eben jenem festzuhalten, der rechte Fuß an einer Querstrebe aufgestellt. Während ihre Hüfte zur Musik kreiste, zog die freie Hand nach und nach ihr transparentes Kleid hoch, bis schließlich ihre Muschi frei war. Jetzt schraubte sich Marcel in die Hocke, küsste ihre Lippen, stieß seine Zunge in sie. Marcel bemerkte, dass sie extrem feucht war, die Situation schien sie sehr anzumachen. Ihre Hüfte drängte sich ihm entgegen, und er ließ seine Zunge zu ihrer Klitoris wandern. Das Aufstöhnen hörte er sogar durch den Bass. Marcel leckte und leckte, bis Nina sich schließlich umdrehte, den Po ausstellte, mit durchgedrücktem Rücken und den Händen fest am Gitter. Marcel erhob sich, sah sich einmal um. Grinsende, beobachtende Gesichter. Vor ihm lag Ninas Po mit dem hochgeschobenen Kleid, darunter die glänzenden Schamlippen. Nina sah sich um.

„Worauf wartest du?", lag in ihrem Blick, und Marcel nahm seinen Schwanz und tauchte in sie ein.

Die Auktion

Die eiserne Tür ihres Käfigs quietschte, als er sie öffnete. Der kleine, kräftige, durchsetzte Mann sah aus wie ein Henker aus dem Mittelalter, mit einer ledernen Ganzkopfmaske, kräftigen Armen, einem nackten, haarigen Bauch und Lederbeinkleidern. Er trug eine Reitgerte in der Hand, mit der er ihr jetzt andeutete, den Käfig zu verlassen.

Sie hatte keine Vorstellung davon gehabt, was hier passieren würde. War es Naivität? Ihr ganzer Körper, all ihre Sinne waren nun unter Spannung. Vorsichtig setzte sie einen Fuß vor der anderen, barfuß wie sie war. Anna trug eine Maske, die ihre Augen bedeckte, eine schöne, verschlungene Elfenmaske, und einen Umhang, mehr nicht.

„Meinst du wirklich, dass das genug ist?", hatte sie Paul im Hotel gefragt, „werde ich mir dabei nicht seltsam vorkommen?"

„Das passt", hatte er gesagt. Als sie den Saal des alten Schlosses betraten, mit den vielen Tischen, auf denen große Kerzenleuchter brannten, hatte sie natürlich sofort geprüft, wie die anderen Frauen gekleidet waren. Und es war alles darunter. Von mittelalterlichen Kleidern über Barockkleider über Leder über Umhang bis hin zu nichts. Für den Moment beruhigt hatte sie sich zu ihm an den Tisch gesetzt, ein Sechser-Tisch mit zwei anderen Paaren.

Ihr Henker deutete an, sie solle die fünf Stufen zur Bühne hochgehen, und schon fühlte sie sanft seine Reitgerte am Po. Anna fügte sich, auch wenn es ihr unangenehm war, im Rampenlicht zu stehen.

Am Tisch hatte sich eine nette, harmlose Konversation entsponnen über Herkunft und Wetter, Anna hatte sich dabei deutlich entspannt. Fast war vergessen, wo sie hier waren. Das Essen kam und war wirklich sehr lecker, die Musik war angenehm, sie fühlte sich sicher mit Paul neben ihr. Nach dem Nachtisch war jemand an ihren Tisch gekommen, Paul hatte kurz mit ihm geredet, dann mit ihr.

„Du wirst jetzt mit ihm mitgehen", sagte Paul bestimmt.

„Aber", startete sie, doch er unterbrach sie. „Keine Widerrede! Hör zu!" Er beugte sich vor. „Er kennt dein Safeword, und alle, die du heute noch treffen wirst, kennen es auch. Sag es, und fünf Minuten später sitzen wir im Taxi ins Hotel."

Etwas sprachlos war sie aufgestanden und ihm gefolgt. An der Bühne standen vier Käfige, an der jeweils eine große Ziffer befestigt war. Er öffnete den Käfig mit der Nummer eins, und wie in Trance betrat sie ihn. Hinter ihr ging die Tür zu, und mit einem großen, eisernen Schlüssel schloss er den Käfig ab. Sie war eingesperrt.

Noch stand sie an der Seite der Bühne, noch waren die Gespräche an den Tischen in vollem Gange, noch achtete niemand auf sie. Ihr Henker zischte: „Leg den Umhang ab!" In Anna stieg Panik auf, sie war vollkommen nackt darunter. „Los!", zischte der Henker noch mal, als sie nicht reagierte. Was hatte sie für eine Wahl? Das Safeword sagen? Nein, so weit war sie nicht. Sie öffnete die Schnürung ihres Umhangs, und wie von Geisterhand segelte dieser zu Boden. Sie spürte den Blick ihres Henkers taxierend auf ihrem Körper. Ob ihm gefiel, was er sah?

„Los, weiter!", grunzte er und schob sie mit der Gerte voran, die nun ihren nackten Po berührte.

Zwanzig lange Minuten hatte sie im Käfig gesessen, und immer wieder kam jemand vorbei, der sie abschätzend betrachtete. Im Käfig gab es keine Sitzmöglichkeit, also hatte sie sich nach fünf Minuten auf den Boden gesetzt, aber es war mit dem Umhang im Sitzen wirklich schwer zu verhindern, private Bereiche zu entblößen. Und die Gaffer schienen sich sehr dafür zu interessieren. Also stand sie wieder auf.

Im hinteren Bereich der Bühne gab es eine Kanzel, drei Meter über ihr, eine imposante Eichenkonstruktion mit geschnitzten Ornamenten und Figuren. Aus den Augenwinkeln sah sie, wie jemand sie betrat. Es war ein Mann, im Barockstil gekleidet, mit einer weißen Perücke und weiß geschminktem Gesicht. Er setzte sich, dann ließ er einen hölzernen Hammer drei Mal auf einen Hammerblock niederfahren, und die Schläge knallten so laut durch den Saal, dass die Gespräche abrupt abbrachen. Anna bemerkte die Blicke der etwa hundert Anwesenden, die neugierig nach vorne sahen. Sie errötete, fühlte Panik, Aufregung - und Erregung.

„Wir kommen zu unserer ersten Auktion an diesem Abend", sagte der Mann, der offensichtlich Auktionator war, mit lauter und kräftiger Stimme, scheinbar ohne Unterstützung eines Mikrofons.

Das Wort „Auktion" fuhr ihr durch Mark und Bein. Im selben Moment ging das Licht im Saal an und sie stand im Rampenlicht, aber auch Lichter über den Tischen wurden verstärkt. Es gab kein Verstecken mehr, es war pure Helligkeit, sie konnte jedes neugierige Gesicht erkennen, und jedes Augenpaar war auf sie gerichtet. Sie bedeckte ihre Brüste und ihre Scham.

„Unser erstes Exemplar heißt Anna, verheiratet, das erste Mal hier." Der Mann beugte sich über die Kanzel, um sie besser sehen zu können.

„Eine Anfängerin, kann man sagen, wenig Erfahrung. Potentielle Käufer", und er sah wieder in den Raum, „sollten das bedenken." Er machte eine kurze Pause.

„Anna", sagte er, an sie gewandt, „bevor wir mit der Auktion starten, solltest du dich den potentiellen Käufern zeigen. Nimm bitte die Hände von deinem Körper und begib dich auf den Laufsteg!"

In der Mitte der Bühne zweigte ein Laufsteg in die Mitte des Saales ab, vorbei an den vorderen Tischen. Anna war unschlüssig. Ihre Emotionen fuhren Achterbahn, von Wut auf Paul, der sie in diese Situation gebracht hatte, über Scham, ihren Körper so zu zeigen, bis hin zu einer starken Erregung. Sie atmete durch. Eine Sache war sicher - sie wollte nicht im Taxi sitzen. Also nahm sie ihren Arm von ihren Brüsten und ihre Hand von ihrer Scham und setzte sich in Bewegung. Tausend Dinge rasten durch ihren Kopf - war sie gut rasiert? War ihre Muschi hübsch? Fielen die kleinen Details, die sie an ihrem Körper nicht mochte, auf? Sie ging aufrecht, stolz, drückte den Rücken durch, zog den Bauch etwas ein. Anna bemerkte, wie sie begann, sich zu präsentieren. Spannte die richtigen Muskeln an. Als sie am Ende des Laufsteges ankam, knallte wieder ein Hammerschlag durch den Saal.

„Wir beginnen mit 50er Abständen, Startgebot ist 100 Euro. Schilder liegen an den Tischen, wenn die Herrschaften es zeigen, zähle ich hoch." Und dann ging es los, Anna sah, wie ein eleganter Herr an Tisch sechs das Schild hob.

„Tisch 6, 150!"

„Tisch 7, 200!"

„Tisch 11, 250!"

Anna erschien das viel, aber gleichzeitig wurde ihr bewusst, dass sie gar nicht wusste, wofür sie verkauft wurde, und das ließ ihre Panik wieder etwas steigen. Gleichzeitig spürte sie, wie sehr es sie anmachte, dass diese Herren bereit waren, so viel Geld für sie zu zahlen.

„Tisch 18, 300!"

„Tisch 1, 350!"

„Tisch 3, 400! Intervallerhöhung auf 100!"

Anna wurde schwindelig. Was würde sie tun müssen? Was erwartet man für so viel Geld? Konnte sie das überhaupt leisten? Sie wurde extrem feucht.

„Tisch 6, 500!"

„Tisch 11, 600!"

„Tisch 3, 700!"

Ein kleines Rinnsal ihrer Feuchtigkeit bahnte sich seinen Weg ihr Bein hinab, und sie wagte nicht, es wegzustreichen, weil es noch mehr Aufmerksamkeit erzeugt hätte. Aber sie spürte das Getuschel. Und es schien ihren Preis noch zu erhöhen.

„Tisch 6, 800!"

„Tisch 3, 900!

„Tisch 6, 1000! Intervallerhöhung auf 1000!"

Sie schluckte. Ja, sie würde alles tun, um dieses Geld zu rechtfertigen, alles dürfte er von ihr verlangen. Es tat ihr jetzt schon leid, dass sie es ihm noch ganz zurückzahlen würde können. Das Rinnsal war breiter geworden. Es gab kurz Ruhe, dann ging das Schild an Tisch 3 noch einmal hoch.

„Tisch 3, 2000!"

Es gab eine gespenstische Ruhe, dann begann der Auktionator herunterzuzählen.

„10, 9, 8, 7, 6, 5, 4, 3, 2, 1, verkauft an Tisch 3 für 2000 Euro!"

Anna war schwindelig, als sie die Bühne verließ. Jemand legte ihr Handschellen an, und dann stand er vor ihr, ihr Käufer. Ein Mann Ende 40, elegant, kräftig. Anna schlug die Augen nieder.

„Schau mich an!", sagte er, und es war das erste Mal, dass sie wieder hochsah. Anna war ihm gefolgt, sah nur den Boden, seine Stiefel und ihre nackten Füße. Sie war immer noch nackt, aber inzwischen fühlte sich das nicht mehr falsch an. Sie war eine Sklavin, gekauft, was sollte sie für ein Recht haben, sich zu bedecken?

Sie waren in einem Separee mit einem großen Bett mit gusseisernem Rahmen. Er lehnte an der Wand, ein Bein angewinkelt, mit grauem Drei-Tage-Bart und gelebtem Gesicht, lächelnd, charmant.

„Anna, nicht wahr?", Sie nickte.

„Du bist süß", sagte er und kam auf sie zu, umkreiste sie, betrachtete sie von allen Seiten. Er berührte sie zum ersten Mal, strich über ihren Rücken, ihre Arme, ihre Brüste, ihren Po.

„Und du bist schön", sagte er lächelnd. Anna errötete wieder, während sie den kalten Stahl der Handschellen an ihren Handgelenken spürte.

„Geh auf die Knie!", befahl er, und Anna folgte seinem Befehl. Er öffnete seine Hose, und ihr stockte der Atem. Sein Schwanz war halb steif, aber jetzt schon sehr groß. Sie spürte, wie sie wieder feuchter wurde. Instinktiv nahm sie ihn in den Mund und sah ihm von unten ins Gesicht. Sein Lächeln zeigte, dass er genau das wollte.

Anna spürte, wie sein Schwanz förmlich in ihrem Mund explodierte, dicker wurde und länger. Ihre Zunge umkreiste seine Eichel, leckte sein Vorhautbändchen, aber es war schwierig, mit den gefesselten Händen einen Rhythmus zu finden, ein Gegengewicht. Anna ließ seinen Schwanz aus ihrem Mund gleiten, küsste und leckte den Schaft, dann seine Hoden, die großen, hängenden Hoden eines Stiers. Sein Schwanz war jetzt größer als der größte, den sie je vorher hatte. Sie spreizte die Beine ein wenig, um den Kopf weiter senken zu können, und ihre Muschi öffnete sich leicht. Anna spürte die Feuchtigkeit. Als sie den Schwanz wieder in den Mund nahm, griff er plötzlich und unvermittelt in ihre Haare und schob ihren Schwanz langsam, aber sicher tief in ihren Rachen. „Das tut gut, meine kleine Schlampe", stöhnte er. Anna röchelte, Tränen stiegen ihr in die Augen, Spucke lief ihr aus dem Mund. „Ist er zu groß?", fragte er, Anteilnahme heuchelnd, nur um den Schwanz wieder tief in den Rachen zu schieben, dieses Mal etwas schneller. Tränen rannen ihr übers Gesicht, sie würgte. Anna war wieder so feucht wie auf der Bühne. Sie konzentrierte sich, atmete durch. Er hatte jedes Recht, seinen Schwanz in sie zu schieben, und sie würde ihm das schönstmögliche Erlebnis bieten. Und da kam er wieder, sein großer Schwanz.

Er vögelte sie von hinten, auf dem Bett, ihr Oberkörper weit unten, ihr Po in der Höhe. Sein großer Schwanz schob sich mühelos in sie, sie war so extrem feucht. Sie stöhnte, er füllte sie komplett aus, und er fickte sie schnell, immer schneller. „Du bist zu feucht, Schlampe, ich kann nicht kommen!", rief er auf einmal, zog seinen Schwanz aus ihrer triefenden Muschi, setzte ihn an ihrem After an und schob ihn in ihrem Hintern. Anna schrie auf, es tat weh, und war doch gleichzeitig so ein Kick, dass sie beinahe verrückt wurde. Und dann fickte er sie wieder. „Das ist besser, du bist so eng, Kleine!", stöhnte er, und als er seinen Schwanz schließlich herauszog, entlud er sich auf ihrem Körper.

Teneriffa

Ruhe.

Kaum noch ein Auto war auf der schmalen Küstenstraße unterwegs, die das kleine, urige Hotel, auf dessen Dachterrasse er sich befand, von der felsigen Küste trennte.

Die Hektik des Jobs, das kalte Wetter, der Familientrott, alles schien so weit weg. Und doch waren sie erst heute morgen aufgebrochen.

Das Meer war ruhig. Die Sonne, ein großer, roter Ball, würde bald den Horizont berühren, aber noch schien sie ihm wärmend ins Gesicht.

Ein Moped knatterte vorbei, jemand rief etwas auf Spanisch. Dann wieder Ruhe.

In seiner Hand hielt er einen eiskalten Mojito, den er sich unten an der Bar geholt hatte. Er schmeckte perfekt, nicht zu viel, nicht zu wenig Rum, den er nach ein paar Schlücken nun schon deutlich spürte.

Es hatte unheimlich gut getan zu duschen nach diesem langen, anstrengenden Tag. Ihr Zimmer hatten sie dieses Mal im ersten Stock, auf der linken Seite. Die Zimmer gruppierten sich um einen schönen, begrünten Innenhof, in dem es morgens Frühstück gab, ein Hauch von Kolonialstil. Bei ihrem ersten Besuch vor knapp zehn Jahren waren sie im Erdgeschoss untergebracht worden und hatten gleich das ganze Zimmer unter Wasser gesetzt. Er lächelte bei dem Gedanken daran.

Er setzte das Glas auf dem kleinen Beistelltisch neben dem Rattan-Sofa ab, auf dem er saß, die nackten Füße hochgelegt auf einen Sessel gegenüber. Er trug Leinen-Shorts und ein Leinen-Hemd, eigentlich sehr unüblich für ihn, aber in der Reisevorbereitung hatte es ihn gepackt - er wollte dünnen Stoff und doch irgendwie elegant aussehen. Der Stoff fühlte sich gut an.

Alles fühlte sich gut an.

Jemand stieg die Stufen zum Dach hinauf, aber er drehte sich nicht um. Die Sonne berührte nun das Wasser.

Anna ging an seiner Sitzgruppe vorbei, das Handy in der Hand. Sie trug einen grünen Wickelrock, der ihr bis knapp unter die Knie ging, und der ihren Po sehr vorteilhaft betonte. Er liebte ihren Po, diese herrlichen, weiblichen Rundungen. Er merkte, wie sehr sie ihn immer noch verrückt machen konnte, auch nach 15 Jahren. Sie war ebenfalls barfuß und trug ein orangenes Top. Ihre Haare waren noch feucht von der Dusche. Konzentriert machte sie Fotos vom Sonnenuntergang, dann ging sie zum Geländer und beugte sich vor, um das Handy auf das dunkle Holz zu stellen und weiter Fotos zu machen. Ihre Hüfte pendelte etwas hin und her, während sie die perfekte Position suchte, und ihre Pobacken drückten jetzt deutlich durch den Stoff.

Er spürte, wie er eine Erektion bekam. Er trug keine Unterhose, weil die Koffer noch nicht ausgepackt waren und er so schnell keine gefunden hatte, und der dünne Leinenstoff der Hose hatte seiner stärker werdenden Erektion nicht viel entgegenzusetzen.

Anna drehte sich um und lächelte ihn an. Er liebte dieses Lächeln.

Langsam kam sie zu ihm, und als sie vor ihm stand, war es offensichtlich, dass sie seine Erektion gesehen hatte.

„Du hast wohl auch keine Unterhose gefunden", sagte sie verschmitzt, und das „auch" ließ die Beule in seiner Hose noch einmal stärker werden.

Anna sah sich verstohlen um, dann zog sie ihren Rock bis zur Hüfte hoch und setzte sich, ehe er etwas sagen konnte, verkehrtherum auf ihn. Er spürte ihre Muschi an seinem Schwanz, getrennt durch den dünnen Leinenstoff, und griff nach ihren Pobacken, ihren herrlichen Pobacken.

„Auf einen schönen Urlaub!", sagte sie und begann, ihn zu küssen, und er küsste zurück, ihre Zungen trafen sich. Sanfte, erotische Küsse. Dann stützte sie sich kurz hoch, und er drückte den Bund seiner Hose herunter. Während er langsam in sie eindrang, stöhnte Anna leise auf. Dann war er tief in ihr, und sie sahen sich in die

Augen. 30 Sekunden, eine Minute, und seine Erektion wuchs noch von der Intensität des Blickes.

Anna horchte auf, aufgeschreckt von einem Geräusch, und glitt seitlich von ihm herunter auf das Sofa. Intuitiv zog er die Beine an, um seine Erektion zu verbergen, als ein Pärchen das Dach betrat. Doch die beiden schienen sie gar nicht zu bemerken, sie hatten nur Blicke für den Sonnenuntergang.

„Komm!", sagte Anna und ergriff seine Hand. Er folgte ihr bereitwillig.

„Auf der Rückfahrt sitze ich vorne!", rief Nina von hinten. Anna drehte sich um und sah, wie Nina, hilflos den Serpentinen ausgeliefert, hin- und herrutschte. Es gab keinen Gurt in der Mitte, und jetzt wurde sie durch die Fliehkraft wieder an Marcel gedrückt, der grinsend eine Geste der Hilflosigkeit machte. Das Taxi zu rufen, war eine spontane Idee gewesen, geboren aus einer Flasche Kräuterschnaps und der Erkenntnis, dass alle vier schon ewig nicht mehr richtig feiern waren. Nina und Paul hatten sich im selben Hotel eingebucht, und auch sie waren das erste Mal für längere Zeit ohne Kinder unterwegs.

Anna saß im Taxi, durchgeschwitzt und euphorisiert vom Tanzen, und betrunken, ja betrunken waren sie alle. Sie saß in der Mitte, und sie spürte Marcels Hände auf ihren nackten

Schenkeln, und da waren auch Pauls Hände, der auf der anderen Seite saß. Sie drehte sich zu ihm, und da war sein Mund, seine vollen, weichen Lippen, sie spürte seinen Drei-Tage-Bart, als er sie küsste. Sie fühlte Marcels Küsse in ihrem Nacken, drehte sich lächelnd um, und dann küsste sie auch ihren Mann. Pauls Hand rutschte unter ihren Rock, in ihren Slip. Anna war feucht, und sie spreizte die Beine ein wenig, damit Paul sein Ziel leichter erreichen konnte. Marcels Hände waren unter ihrem Top, streichelten ihre Brüste, ihre Brustwarzen waren hart vor Erregung. Als sie aufblickte, sah sie in Ninas Augen, die auf dem Vordersitz saß, und dem Treiben neidisch und erregt zusah. Anna lächelte und warf ihr einen Kuss zu, und Nina erwiderte den Luftkuss, als sie spürte, wie zwei Finger in sie eindrangen. Oh Mann, wo sollte das hinführen?

„Kommt, ich muss euch unsere geile Dusche zeigen!", rief Nina, als sie die Hochzeitssuite betraten, die sie und Paul zur Feier ihres fünfzehnten Hochzeitstages gebucht hatten. Nina zog Marcel vorbei an der kleinen Bar, der Sitzecke und dem Kingsize Bett ins große Badezimmer. Ihr Griff war fest und bestimmt, duldete keine Widerrede, genauso war es, seit sie das Taxi verlassen hatten. Er sah sich um, hinter ihm war Anna und lächelte ihn an, und sie hatte Paul im Schlepptau. Nina drückte ein paar Knöpfe, und einer Hälfte des Badezimmers begann es zu regnen. Dicke

Tropfen prasselten auf den Boden, während Vögel zwitscherten, irgendwo in der Ferne ein Affe schrie. Dann donnerte es.

„Kennt ihr das Gefühl, im Sommer während eines Gewitters draußen zu sein?", fragte Nina, streifte ihre Schuhe ab und trat in den Regen. Die dicken Tropfen prasselten auf ihren Kopf, ihr Kleid, schnell klebte es an ihrem schlanken Körper. Marcel zog sich die Schuhe aus, dann spürte auch er die Tropfen, warm und dick. Nina zog ihn an sich, um ihn zu küssen.

Aus den Augenwinkeln sah Anna, dass die Männer angefangen hatten, miteinander zu knutschen. Sie waren jetzt alle nackt, die Kleidung lag durchnässt in der Ecke der Dusche, und Nina hatte sie gerade wieder geküsst, ihr Arm lag auf ihrer Hüfte, und jetzt nickte sie in Richtung der Männer. Sie grinste breit. Beide hatten eine starke Erektion, und einen Moment sahen Anna und Nina einfach nur zu, wie die Zungen miteinander spielten, wie Pauls rechte Hand Marcels Erektion ergriff und streichelte, und wie Marcel sich revanchierte. Dann kniete Nina sich hin und fing an, die beiden Schwänze mit dem Mund zu verwöhnen. Anna trat auf die beiden Männer zu, legte jeweils eine Hand auf einen Po, und aus dem Kuss mit zwei Zungen wurde ein Kuss mit drei Zungen.

Sie lagen nebeneinander und sahen sich in die Augen, bestimmt schon eine Minute. Annas Mund stand leicht offen, immer wieder entfuhr ihr ein Stöhnen. Die Augen waren halb geöffnet, er konnte ihre Erregung sehen. Ihr Kopf bewegte sich rhythmisch, aber sie hielten den Blickkontakt. Ihre linke und seine rechte Hand waren verschränkt, spielten miteinander.

Er sah jetzt nicht hin, aber er wusste, ihre Schenkel lagen auf Pauls Schultern, und er war tief in ihr, vögelte sie mit festen Stößen. Marcel spürte Ninas Gewicht auf seiner Hüfte, sie ritt ihn immer wilder, rhythmisch vor und zurück, dann wieder auf und ab, und Nina stöhnte hemmungslos. Lange würde er nicht mehr brauchen.

„Ich liebe dich", flüsterte er.

„Ich liebe dich auch", stöhnte Anna.

Männerabend

Wie sehr sich ihre Männerabende verändert hatten!

Es klingelte, und Marcel öffnete die Tür. Da stand Paul, mit einem Sixpack Bier in der Hand, wie beim allerersten Mal vor vielen Jahren. Damals hatten Anna und Nina einen Frauenabend machen wollen und im Scherz vorgeschlagen, dass die Männer dann ja einen Jungsabend machen könnten. Marcel war darauf angesprungen und konnte dann keinen Rückzieher mehr machen. Er kannte diesen Paul nicht wirklich.

Marcel umarmte Paul zur Begrüßung, dann gab es einen zärtlichen Kuss. Sie gingen immer offener mit ihrer Bisexualität um. Vor vielen Jahren hatte es nur ein verkrampftes Händeschütteln gegeben.

Anna war mit den Kindern unterwegs, dieser Abend gehörte ganz ihnen beiden. Allein wegen des organisatorischen Aufwands waren solche Abende selten, und auch deshalb genossen sie sie um so mehr.

Sie machten meist sofort das erste Bier auf und stießen an, und Marcel zeigte ihm, was er für das Essen geplant hatte, meist gute Filet-Steaks. Paul umarmte ihn dabei von hinten, küsste ihn im Nacken und raunte, dass er vor dem Essen erst einmal etwas anderes bräuchte. Marcel drehte sich um, und sie küssten sich.

Vor vielen Jahren hatten sie verkrampft im Wohnzimmer gesessen und sich nichts zu sagen gehabt. Marcel war erleichtert gewesen, als endlich das Fußballspiel startete. Heute trafen sie sich nicht mehr zum Fußballspiel, denn von dem würden sie sowieso nichts mitbekommen.

Weil die Abende selten waren, hatten sie auch nicht so häufig Sex. Die Lust aufeinander war aber groß, und deshalb landeten sie immer schon vor dem Essen im Bett. Die große Vertrautheit mit Paul, die Zärtlichkeit der Berührungen, die Sehnsucht danach, mit ihm zu schlafen - Marcel hatte aufgehört, seine Gefühle zu bewerten, aber was er für Paul fühlte, war nicht weit weg von dem, was er für Anna fühlte.

Er liebte es, ihm beim Sex in die Augen zu sehen, die flackernde Erregung in seinen Augen, wenn er tief in ihm war. Sein Stöhnen, wenn er ihm einen blies.

Als Marcel Anna eines Tages eröffnet hatte, dass er und Paul an den Männerabenden Sex hatten, war das für sie eine Überraschung. Marcel war davon ausgegangen, dass sie das wusste oder zumindest ahnte, aber das war nicht der Fall gewesen. Sie war tatsächlich etwas eifersüchtig gewesen.

Nach dem ersten Sex kochten sie dann zusammen, und sie redeten. Anna und Nina nutzten die offene Beziehung, und Marcel spürte, dass da

Gesprächsbedarf war. Paul konnte er sich bedingungslos öffnen, fast noch leichter als Anna selbst, und es tat so gut, ihn zu haben. Es kam nicht selten vor, dass es sie erregte, über Annas und Ninas Eskapaden zu reden, und noch bevor die Steaks fertig waren, hatten sie beide wieder eine Erektion. Sie alberten dann mit Küchenutensilien herum, Sprühsahne, Gurken, etc. Aber wenn die Steaks fertig waren, wurden sie erst einmal gegessen, darauf bestand Marcel. Kalte Steaks waren eine Verschwendung. Und dann ging es wieder ins Bett.

Inzwischen kannte er Pauls Schwanz ziemlich gut. Den dickeren Schaft, die kurze Eichel, das Vorhautbändchen. Als Heteromann kannte man nur einen Schwanz. Wie langweilig. Inzwischen wusste er, wie kitzelig Paul am Hoden war. Und wie sehr er es genoss, zwei Finger im After zu haben, während er geblasen wurde.

Nach dem Sex blieben sie nackt im Bett und guckten Friends. Eine uralte Serie, aber Paul kannte sie noch nicht, und Marcel liebte, wie Paul lachte und giggelte.

Und wenn der Abend zu Ende war, standen sie an der Tür, Arm in Arm, und küssten sich. Vor vielen Jahren war Paul nach dem Abpfiff aus der Wohnung geflüchtet.

Ja, ihre Männerabende hatten sich sehr geändert.

Hochzeitsreise

„Nina", begann Anna und stockte mit einem Kloß im Hals. Sie fühlte den weichen, feinen Sand an ihren nackten Füßen, eine leichte, warme Brise strich um ihren Körper, so dass sich das kurze, weiße Seidenkleid leicht im Wind bewegte. Anna spürte den Blumenkranz in ihren geflochtenen Haaren, hörte das leichte Meeresrauschen, aber Blicke hatte sie nur für Nina, die direkt vor ihr stand, ihr gegenüber, und ihr direkt in die Augen sah.

„Nina, du bist meine allerbeste Freundin seit, seit sooo langer Zeit. Daran hat sich nichts geändert, seitdem wir auch das Bett teilen. Ich liebe dich, ich liebe dich so sehr!"

Anna spürte, wie die Tränen hochstiegen, und Nina, breit lächelnd, ließ sie einfach laufen.

„Ich bin so glücklich!", stammelte Anna schluchzend.

Schließlich blickte sie zum Trauredner, der ihr einen Ring entgegenhielt. Anna nahm ihn, ein feiner Ring aus Gold mit einem kleinen Stein darauf. Anna trug ihren bereits. Nina streckte ihr ihre Hand entgegen, und Anna fädelte den Ring an ihrem Ringfinger auf. Während sie ihn den Finger entlangschob, sah sie Nina in die feuchten

Augen. Eine gefühlte Ewigkeit später stieß sie an Pauls Ring an.

„Hiermit erkläre ich sie zu rechtmäßig angetrauten Eheleuten!", sagte der Trauredner, „sie dürfen sich nun küssen!"

Salzig schmeckte Ninas Mund, gut fühlten sich ihre Kurven unter der Seide an. Die Zungen kamen dazu, Anna wurde feucht. Das Klatschen ihrer Männer hörte sie erst gar nicht, erst nachdem sie den Kuss beendet hatten, wurde sie wieder klarer. Ein kleiner Holzsteg führte über den Sand zu ihnen, und den gingen sie nun Hand in Hand. Marcel kam breit lächelnd auf sie zu, und erst im letzten Moment ließ sie Ninas Hand los, die Hand ihrer Ehefrau, und ließ sich von Marcel umarmen.

„Herzlichen Glückwunsch!", sagte er, und sie sah ihm an, wie ernst er es meinte, wie sehr er ihr es gönnte.

Wie war aus einem albernen Gedanken so etwas Ernstes geworden? Warum bedeutete es ihr so viel, Ninas Ehefrau zu sein? Paul kam und umarmte sie, aber sie suchte Ninas Hand, ergriff sie.

„Da ist ja meine Ehefrau!", sagte Nina, und tausend Sterne explodierten in Annas Magengegend. Anna zog sie an sich.

„Sag das noch mal!", flüsterte sie, während sie sich in die Augen sahen.

„Da ist ja meine Ehefrau!", flüsterte Nina, und die Sterne verschoben sich eine Etage tiefer. Sie küssten sich wieder, und Anna war es egal, dass sie Zuschauer hatten.

Hand in Hand und barfuß liefen sie den Pfad zu ihrem Bungalow entlang. Ihre Männer hatten sich zurückfallen lassen, aber Anna hatte gerade eh keine Gedanken mehr für sie übrig. Alles, was sie wollte, war, mit Nina allein zu sein. Immer wieder blieben sie kurz stehen, um sich küssen, gierig, aber dann zog entweder Anna oder Nina sie beide weiter, und der Kuss wurde abrupt abgebrochen. Das Ziel war klar, die Hochzeitssuite in ihrem Bungalow, mit dem Whirlpool, der Sauna, der Regenwalddusche und dem breiten Boxspringbett.

Anna und Nina stürzten in den Hauptraum des Bungalows, eine große, offene Wohnküche, die Lippen aufeinander, die Hände überall. Reißverschlüsse wurden gezogen, Kleider landeten auf dem Boden, darunter waren sie beide nackt. Küssend durchquerten sie den Raum, Ninas geschickte Hand war schon an Annas Pussy. Sie war so feucht. Niemals hätte sie gedacht, dass es sie so anmachen würde, Nina zu heiraten. Dann waren sie in der Suite, Anna stürzte rücklings aufs Bett. Nina war über ihr, Zeige- und Mittelfinger in Annas Feuchtigkeit, Daumen auf der Klitoris.

„Ich ficke jetzt meine Ehefrau", sagte Nina, während sie Anna direkt in die Augen sah, und

Anna ging es durch und durch. Ninas Daumen rieb über Annas Lustzentrum, die Finger bewegten sich.

„Sag es noch mal!", keuchte Anna.

„Ich ficke meine Ehefrau!", wiederholte Nina lächelnd, und langsam spürte Anna den Orgasmus kommen. Nina führte einen weiteren Finger ein und begann, sie schmatzend in Anna zu stoßen.

„Meine Ehefrau", sagte Nina wieder und hielt ihr die andere Hand vor die Augen, mit dem glitzernden Stein am goldenen Ring, und es war um Anna geschehen. Die Wellen des Orgasmus durchzogen sie, intensiv und heftig. Es würde nicht der einzige Orgasmus bleiben.

Marcel saß in der Sauna auf seinem Handtuch, mit weit gespreizten Beinen, und wuschelte durch Pauls Haare, der vor ihm kniete und ihm einen blies. Die Sauna war nicht besonders heiß eingestellt, vielleicht auf 50 Grad, so dass sie ohne Probleme etwas länger bleiben konnten. Gekonnt nutzte Paul seine Zunge, wirbelte um seine Eichel und das Vorhautbändchen, dann nahm Paul Marcels Schwanz so weit auf, wie er konnte.

Gerade eben, am Strand, hatten sie sich zum ersten Mal in der Öffentlichkeit geküsst. Sie waren zum ersten Mal in der Öffentlichkeit Hand in Hand gegangen. Und es hatte sich so gut angefühlt.

„Ich möchte jetzt von meinem Mann gefickt werden", sagte Paul und sah bittend nach oben, in Marcels Augen. Paul liebte es, es in der Sauna zu treiben, da er da besser entspannen konnte, Marcel wusste das inzwischen. Paul kniete sich auf die mittlere Stufe und streckte seinen Po vor. Marcel liebte diesen Anblick, die kräftigen, breiten Schultern, der leicht muskulöse Rücken, die knackigen, leicht behaarten Pobacken, der große Hodensack, der zwischen seinen Schenkeln hing. Und die Rosette natürlich. Marcels Schwanz stand hart und prall, feucht glänzend von Pauls Speichel. Sanft berührte er mit seiner Eichel Pauls Rosette, und der zog hörbar die Luft ein. Marcel verteilte den Speichel etwas, rieb mit der Eichel, um dann etwas Druck auf die Rosette auszuüben. Paul stöhnte auf, als die Spitze von Marcels Eichel eindrang. Langsam schob er seinen Schwanz tiefer, und Paul nahm ihn bereitwillig auf. Marcel griff in Pauls Haare, zog seinen Kopf zurück, beugte sich vor und küsste ihn. Dann begann er, seinen Schwanz vor- und zurückzuschieben, und Paul stöhnte. Er war so eng, Marcel hielt nie lange durch, wenn er in ihm war. Er verlangsamte die Bewegungen, sie hatten ja alle Zeit der Welt. Die Frauen waren dabei, ihr Hochzeitsessen zu bereiten, und das würde sicher noch anderthalb Stunden dauern.

Marcel ergriff Pauls Schwanz und begann, ihn zu reiben, schnell wurde er ganz hart. Pauls Rücken glänzte von der Wärme, er war so attraktiv!

Marcel dachte zurück an den gemeinsamen Schwur, den sie am Strand geleistet hatten. Sich gegenseitig zu lieben und zu ehren, in guten und in schlechten Zeiten. Sich und ihre Liebe nie wieder zu verleugnen. Sie schliefen miteinander, und das war gut so. Marcel begann wieder, sich in Paul zu bewegen, und Paul stöhnte.

„Komm, fick mich härter!", keuchte er, und Marcel begann, ihn zu stoßen. Sein Erregungsniveau jagte schnell hoch, er griff Paul wieder in die Haare.

„Komm in mir!", stöhnte dieser, und Marcel spürte den süßen Punkt ohne Wiederkehr, gleich würde er sich entladen. Da kam auch schon die erste Welle, rollte über ihn hinweg, sein Sperma spritzte in ihn, und die zweite, die dritte.

„Ich liebe dich", flüsterte er zitternd, als der Orgasmus endlich nachließ.

„Ich liebe es, wie du mich an meine Grenzen bringst", sagte Anna und lächelte Paul an. Sie standen auf dem Holzsteg vor dem Trauredner.

„Zieh dein Kleid aus!", sagte Paul ruhig, aber bestimmt.

„Wie - jetzt, hier?", antwortete Anna verstört und sah sich um. Außer dem Trauredner, Marcel und Nina war niemand in Sicht.

„Ich will, dass du nackt bist, wenn ich dir den Ring aufstecke", sagte Paul. Anna zögerte. Der Trauredner ließ sich nichts anmerken. Dann führte sie ihre Hände zum Reißverschluss und zog ihn langsam herunter. Sie hielten die ganze Zeit Blickkontakt, intensiven Blickkontakt, auch als das Kleid auf den Holzsteg segelte und sie mit ihren nackten Füßen aus ihm heraustrat. Anna war nun nackt, sie spürte die leichte Brise an ihren Brustwarzen.

„Braves Mädchen", sagte Paul, und diese Worte ließen alles in Anna kribbeln.

„Und jetzt, knie nieder!"

Das kam unerwartet für Anna, aber weil es so unerwartet kam, war es überwältigend für sie. Sie war fest davon ausgegangen, dass die Intensität ihrer Heirat mit Nina nicht wiederholt werden könnte, aber das hier - war anders, aber heftig. Sie sank zu Boden, und als sie die harten Holzplanken an den Knien spürte und nach oben blickte, wurde sie feucht. Ja, sie wollte hier vor Paul knien, sie wollte in Besitz genommen werden.

„Gib mir deine Hand!", sagte er, und sie reichte sie ihm. Paul hielt den Ring in der Hand.

„Hiermit verspreche ich dir, dich zu lieben und zu ehren, mich um dich zu kümmern und für dich zu sorgen bis der Tod uns scheidet. Versprichst du, mir zu dienen?"

Anna sah ihm von unten in die Augen.

„Ja, Herr, ich verspreche, Euch zu dienen!", antwortete sie und fühlte es. Als Paul ihr den Ring aufsteckte, kribbelte es in ihr.

„Erhebe dich!", sagte Paul, und nachdem sie sich von den Planken erhoben hatte, küssten sie sich lang und intensiv.

„Ich bin dein", flüsterte Anna ergriffen, und Paul lächelte.

Marcel betrachtete den Ringfinger mit den drei Ringen, drei sehr unterschiedlichen Ringen, und sah dann wieder auf in Ninas Gesicht. Ja, er liebte wirklich alle drei, und keinen von ihnen wollte er missen. Sie küssten sich, dann zog er ihr das Kleid über den Kopf. Es war so warm hier, dass Nina dazu übergegangen war, nichts weiter zu tragen. Sie begann, seine Hose aufzuknöpfen, aber er schob ihre Hand weg.

„Dafür ist jetzt keine Zeit!", sagte er. Nina hatte sich für ihr Hochzeitsessen etwas gewünscht - einmal ein lebendes Büffet zu sein. Und Anna und Paul würden in einer halben Stunde zurück sein.

Marcel half Nina, auf den Tisch zu klettern. Sie legte sich auf den Rücken, ein paar flache Kissen unter ihr, die leicht zu säubern waren. Marcel hatte viele Früchte geschnitten, sehr exotische, die es nur hier gab, er hatte Kuchenteilchen besorgt, Sahne und Schokosoße. Er hatte darüber nachgedacht, wie er die Speisen auf Ninas nackter Haut befestigen konnte, ohne dass sie gleich herunterrutschten, und war auf festen, klebrigen Honig gekommen.

Als er jetzt begann, die etwas kühleren Frucht-stücke auf Nina zu verteilen, zitterte ihr Körper leicht, und sie lächelte. Als sie über und über mit Honig und Essen bedeckt war, nahm er die Sprühsahne, sprühte ihre Brustwarzen ein, dann ihre Muschi.

„Bereit", flüsterte er.

„Und wie!", antwortete Nina. Da klopfte es an der Tür.

Marcel trat einen Schritt zurück und betrach-tete die Szene. Anna und Paul waren nackt und inzwischen auch ziemlich beschmiert, Anna war dabei, mit Nina Zungenküsse auszutauschen, während Paul genüsslich Schokosoße auf Ninas Brüsten verrieb. Er hatte eine starke Erektion, genau wie Marcel. Marcel stieg nun auf den Stuhl zu Ninas Füßen, dann auf den Tisch, wobei er ihre Schenkel spreizte. Da lag ihre Muschi vor ihm, über und über mit Sahne bedeckt, und er begann, sie sauber zu schlecken. Nina wand sich unter ihm, ihr Po rutschte hin und her und machte schmatzende Geräusche auf dem feuch-ten, klebenden Tisch. Ihre Feuchtigkeit vermisch-te sich mit der Sahne. Marcel sah auf, dann ar-beitete er sich zum ihrem Bauchnabel vor, dann zu ihren Brüsten. Ninas ganzer Körper war glit-schig und klebrig gleichzeitig. Sein Schwanz pen-delte zwischen seinen Beinen. Schließlich war er bei ihrem lächelnden Gesicht angekommen, und während er ihr in die Augen sah, drang er in sie ein.

Das warme Wasser prasselte auf Nina und Marcel herab, wusch die Sahne und den Honig vom Körper. Nina umarmte Marcel.

„Danke", sagte sie.

Wohngemeinschaft

Prüfend setzte sich Marcel auf das Bett. Es war sehr lang und sehr breit, vor allem, wenn man bedachte, dass es nur für ihn war. Das Zimmer hatte eine L-Form, und sein Bett stand in der kleineren Verlängerung, zusammen mit dem Kleiderschrank. Im übrigen Teil des Zimmers gab es eine Sofaecke und einen Schreibtisch. Es erinnerte ihn an sein Studentenzimmer, nur war dieses Zimmer viel größer und teurer eingerichtet. So manche Dinge hatte man doch lieb gewonnen in all den Jahren.

Wie lange war es her, dass sie zum ersten Mal darüber geredet hatten? Die Kinder waren noch nicht lange auf der weiterführenden Schule. Er meinte, dass es Nina gewesen wäre.

„Lasst uns zusammenziehen, wenn die Kinder aus dem Haus sind!", hatte sie an einem weinseligen Abend gesagt, spät, als die Kinder schon längst schliefen. Sie hatten damals schon einige Jahre untereinander Sex gehabt, und es hatte sie nur enger zusammengebracht. Marcel hatte damals schon akzeptiert, dass er mehrere Personen lieben und begehren konnte.

Sie hatten die Idee immer weitergesponnen, all die Jahre. Anfangs sprachen sie noch davon, als

zwei Paare zusammenzuziehen, mit zwei Schlaf-
zimmern. Irgendwann kam Anna mit dem Gedanken, dass sie ein eigenes Zimmer haben wollen
würde. Wie damals in der Wohngemeinschaft mit
Nina, während des Studiums. Mit den Jahren zer-
flossen die Grenzen ihrer Beziehungen immer
mehr, und der Gedanke, eine pärchenweise Aufteilung durchzuführen, wurde immer absurder.

Jetzt saß er hier, in seinem eigenen Zimmer,
auf seinem eigenen Bett, das erste Mal seit Jahr-
zehnten ohne Anna. Es fühlte sich seltsam an.
Ein wenig leer.

Es klopfte.

„Herein!", rief er, und Anna betrat sein Zimmer,
schloss die Tür hinter sich.

„Hi!", sagte sie, „schönes Zimmer!"

Marcel erinnerte sich an den Moment, als sie
damals im Wohnheim das erste Mal sein Zimmer
gesehen hatte. Genau wie damals ging sie jetzt an
den Bücherregalen vorbei, ließ den Blick schwei-
fen.

Er fühlte sich zurückversetzt in die Zeit, und
Schüchternheit erfasste ihn.

„Danke", antwortete er.

„Möchtest du etwas trinken?"

Sie sah zu ihm herüber.

„Hast du ein Wasser?"

Er ging zu der kleinen Bar, die er sich hatte
einrichten lassen, goss ihr ein Glas Wasser ein
und gab es ihr. Sie nahm es, trank etwas und

schlenderte weiter bis zum Bett. Anna stellte das Glas auf den Nachttisch und setzte sich prüfend auf die Matratze.

„Schön feste Matratze", sagte sie und sah ihm dabei fest in die Augen.

„Möchtest du sie mit mir einweihen?"

Anna war immer direkt gewesen, wenn es Sex betraf. Auch damals, als sie zum ersten Mal in seinem Wohnheimzimmer gewesen war. Ihr Rundgang war auf seinem Bett geendet, und wortlos hatte sie sich ausgezogen, bis sie ganz nackt war.

Auch jetzt zog sie ihr Oberteil über den Kopf. Marcel trat auf sie zu. Ja, wenn es irgendjemanden gab, mit dem er das Bett einweihen wollte, dann war es Anna.